フランス人形は静かに嗤《わら》う

西田理酉
NISHIDA MICHITORI

幻冬舎 MC

フランス人形は静かに嗤う

目次

風変わりな依頼人

春の陽射しが徐々に強さを増していた。

「ふう、朝から暑いな」

国道沿いの歩道を足早に歩く男がいた。男の名は奈良輪逸徒《ならわいっと》。叔父である庭坂塔麻《にわさかとうま》が経営する庭坂探偵事務所で働く25歳の青年だ。今日も車の行き交う喧騒の中を、片道20分をかけて急いでいたが、とある雑居ビルの前に差しかかった時に、その前にある街道沿いの花壇の前でふと立ち止まった。逸徒の視線の先には、花壇で作業をしているとある娘の姿。逸徒が自分を見ているのに気づいて、こちらに目を向けると、すぐに目尻を細めた柔和な笑顔を浮かべて、逸徒に軽く会釈をした。

逸徒と同年代に見えるその娘は、綺麗なベージュ色の髪をしたかわいらしい顔、そして中世のヨーロッパから抜け出してきたような、焦げ茶色を基調とした上品な貴族のドレス風ないでたちをしていた。高級な生地と秀逸なデザインが効を奏しているおかげか、その衣装はとても優雅かつ美しい仕上がりで、コスプレほど周囲の景観に浮くこともなく、落ち着いた中にも華やいだ雰囲気を醸し出していた。まるで緻密にできた、かわいらしい生身のフランス人形がそこにいるとでもいった風だった。

「今日も精が出ますね。ここのところ、何を植えてらっしゃるんですか？」

もう何度か顔を合わせているのをいいことに、逸徒は名前もまだ知らないその娘に対して、ごく親しげな様子で話しかけた。

「ああ、はい。ダリアの球根の植え替えをしているんです。私が楽しみにしているのは、大きな黄色い花を付ける『希望』という品種です。もう私の分身のようなもので、毎年開花を心待ちにしているんですよ」

「花を咲かせるのはいつになるんですか？」

娘はシャベルを持った手を下ろすと、嬉しそうに言った。

「夏には咲いてると思います。それを思うと、今からワクワクしてしまって……。この道を通われてるんですよね？　なら、ぜひ開花した花々にも関心を寄せてくださると嬉しいです」

「ええ、そうします。毎日通るたびに咲くのを楽しみにしてますね」

逸徒は頬のあたりが少し緩んでいるのを自覚しながら、娘に別れの会釈をすると、再び早足で歩を進め始めた。歩道の規則正しく並んでいる点字ブロックの縁のあたりに視線を合わせながら、娘の香水と思われる甘い残り香を引きずりつつ、あれこれと考え事を始めた。

………一体あの子は何者だろう。着ている服だって、普通のＯＬの格好ではないし……。先日密かに立ち寄ったあの雑居ビル内に、あの子が働いていそうなお店はなかったしな………


「今日はコクれたのか？　兄貴」

出社早々、やはり庭坂探偵事務所の社員である妹の須美《すみ》がからかい気味に声をかけてきた。須美はクリクリッとした瞳が特徴的な、逸徒より２つ歳下のボーイッシュな短髪の娘だ。

「まさか。相手だって朝の一発目からそんなこと言われたら、僕に対する評価はおかしな人確定になるだろ。こういうのは少しずつ間合いを詰めていかないと」

「でもその理屈で言うと、永遠に恋には発展しないな。だって朝しか会えないんだろ？　そのコスプレちゃんに。ふふ、もう出会ってから2ヶ月くらい経ってるっていうのに、まったく先に進まないじゃないか。同じとこを繰り返しループってやつだ」

須美の言葉に何かを言いかけた逸徒だったが、思い直してまるで独り言のようにポツリと言った。

「確かにこの程度の進捗状況では、うまくいってるとは言えないかもな。彼女が冬場からやってた花壇の手入れなんて、もうだんだん終わりだろうし……。水やりをするのが、ずっと朝ならありがたいんだけど」

その時所員の一人である小椋が、誰かと話していた電話の受話器を置いて、事務所内に響く大きなダミ声を上げた。彼はもともと所長の庭坂塔麻と同じ警察署で働いていたかつての同僚で、小柄ながら粘り強さが取り柄の男だった。

「今、北日本総合地所の永森社長が見えるぞ。約束通り9時に来るってよ！」

その声を聞いて、逸徒と須美とは思わず目を見合わせた。

「この時間にまだ出社してないってことは……。所長ひょっとして忘れてるのか？　どうしよう」

「前回担当したおまえがお相手するしかないだろ。ここで面識があるのはおまえだけだぜ……」

やはり塔麻と同じ警察署で鑑識の神と呼ばれていた石田が、逸徒の隣の机で、にっとした笑みとともにボソリとつぶやいた。逸徒は慌てて、もうしまい込んでしまった永森《ながもり》巌《いわお》に関する書類のありかを、机のファイル置きから探し始めた。「ああ、これだ」とようやく資料を見つけ、数ページをパラパラとめくり始めたちょうどその時に、事務所の扉がゆっくりと開いた。そしてその扉がまた音もなく閉じられたことがつい立ての向こう側で観察されると、事務所内の４人はほっと安堵の表情を浮かべた。なぜならそれは、まるで気体が流れるが如くに気配を消しながら扉から出入りする、塔麻お得意の移動方法であったからだ。案の定、いつの間にか所員たちを見回しながら、自分の席に収まって澄まし顔をしている塔麻の姿があった。

「みんな、おはよう。君たちの顔からは、どこか余裕のなさが感じられるね。何か心配事でもあったのかな?」

人を食ったようなそんな塔麻の言葉を受けて、須美が口を尖らせながら言った。

「気まぐれな経営者のもとで働く、従業員たちのため息ですよ」

すると、呆気に取られた顔をした後に、「ああ」という気の抜けた声を上げた塔麻は、確信犯的な様子で遅刻についての理由を語り始めた。

「俺がここに来るのに手間取った原因は梨理庵《りりあん》だ。いたってわがままな相手であるあの子をなだめるのに骨が折れてね。玄関で出掛けてくれるなと言ってきかないんだ。まったく愛情も度を過ぎると重荷になるよ。それにしてもいつから梨理庵は、あんなに聞き分けのない子になってしまったのか……」

そこで場の人間たちは、ああまた所長のペット相手の不毛な話が始まったなという顔をした。

「所長、自分に都合の悪いことが起こるたび、梨理庵のせいにして誤魔化すのはやめてくださいよ。はっきり言って冗談としてもちっとも面白くないです。手乗り文鳥が人語を解するなら、メディアにでも教えてやってくださいな。いっぺんでこの事務所は有名になって、私たちの給料は2割増しになりますよ」

辛辣な物言いで須美が、所員たちの気持ちを代弁してそんな言葉を口にすると、それを聞いた残り3人が一斉に声を上げた。

「え、梨理庵はチワワだろ?」

「確かトカゲ」

「いや、サンショウウオのはず」

須美が目をパチクリして、3人の顔を順繰りに見比べている様子を、当の塔麻は面白そうに眺めながら言った。

「梨理庵をお金絡みの下賎な話に巻き込むな。君たちの言うことはみんな正解ではあるが、不正解でもある。梨理庵の姿は一定ではなく、その時々で変わるからだ。ちなみに今朝、あいつの姿がどんなだったかと言うと……」

その時、逸徒が塔麻の言葉を遮るように言った。

「所長、梨理庵の話はここまでにしたほうがよさそうですよ。今エレベーターの到着音が聞こえました。後20歩ほどで、お客様が扉に手をかけるタイミングです」

「おっと……。ふふふ、相変わらずおまえは耳がいいな」

塔麻は眼鏡の奥の瞳をキラリと光らせると、顔つきを真剣なモードへと切り替えた。60歳手前の塔麻が、もう20年も前に離婚して以来独身なのは、この事務所の誰もが知っている事実だ。塔麻はこと私生活に絡む話題に関しては、正体のよくわからない梨理庵という存在を持ち出しては、相手を煙に巻くことが常套手段だった。

「今日は逸徒に受け持ってもらった件の支払いだという説明を受けている。だが普通なら振り込みで済ますところを、大会社の社長自らがわざわざ支払いに来ることには、少し違和感がある」

老人が訪れるまでのわずかな間隙を縫って、塔麻の低く押し殺した声が、逸徒の耳に届いた。

「ああ、確かに猫一匹のために、あの永森社長がわざわざ来るのは少し妙な気もしますね……」

逸徒も短い間で答えを返すと、客人がドアノブにガチャリと手をかける音が事務所内に響いた。

「いらっしゃいませ」

扉をゆっくりと開けて入ってきた老人を、須美が柔らかい声で出迎えた。

「ああ、お邪魔しますよ」

にこやかに入ってきた老人は、そこにいる事務所のスタッフを鋭い目つきで一人一人観察すると、すぐに柔和な笑顔に戻って、険しい人生を経てきたことを感じさせる味のあるしわを顔中に刻んだ。それは小柄ながらパワフルなオーラを発散させている80間近の老人、永森巌だった。接客用のテーブルへと導かれた巌は、須美に言われるがまま、ゆっくりと椅子に腰を下ろした。

「猫探しではお世話になったね、逸徒くん」

逸徒の顔を正面で捉えて、そんな言葉を朗らかに述べた後、須美が運んだお茶をさも美味しそうに飲んだ。そしてここのところの不順な天気に絡むよもやま話を、向かい側に座った塔麻と逸徒の顔を交互に見比べながら、時折り笑いを交えて語った。

「さて、忘れないうちにこれを渡しておかねばな」

巌は、携帯してきた黒くて味のある小さなカバンの中から請求書の額面の小切手を取り出すと、テーブルの上に静かに置いた。

「恐縮です、永森社長。社長自ら来ていただかなくても、言っていただければ私らで伺いましたものを」

塔麻が切った領収書を、巌は額面を確認することもなく黒カバンに入れると、「いやいや」と、さも大したことではないといった具合に小さく笑いながら首を振った。

「今回の猫の……麦《むぎ》ちゃんと言ったかな、の件では逸徒くんには大いに活躍してもらった。君の専門的な知識と依頼人の心に寄り添おうとする姿勢には、わし自身感銘を受けたよ。お手製の捕獲器、あれはなかなかに役に立ったな」

「お褒めの言葉ありがとうございます、永森社長。時間がそれほど経過していなかったので、まだ家の近くにいてくれたので助かりました。なんとか捕獲できて、正直僕もほっとしています」

「一つの仕事を見るとその人間の人となりがわかると言うが、今回の君の働きぶりは見事だった。ああこの人物なら、これからわしが話す中身を頼んでも差し支えないなという確証を得させてもらったよ。さてそれで………。今回の仕事が上首尾に終わったのを見て、君にぜひ頼みたいことがあるんだが………」

巌はそこでテーブルに身を乗り出すようにしながら、ここからが本番だとでも言いたげな顔で、塔麻と逸徒の顔をかわるがわる見ながら言った。

「所長さん、実はここにいる逸徒くんを、わしに半年の間貸してほしいのだ」

「えっ！」

塔麻と逸徒が同時に驚きの声を上げた。

「それはどういう………」

「うちの社の将来に絡む大事な案件がある。その決め事のために、どうしても逸徒くんの力をお借りしたいのだ。もちろんうちの社内に逸徒くんが自由に出入りできる部屋も用意する。そしてわしが依頼する件に絡む仕事が発生した場合は、逸徒くんの時間はほぼすべて、それのために当ててほしい。ただし、この件に関わってない時間は本来の探偵の仕事をしてもらっても構わない。幸いにして、わしの本社はここから歩いてすぐだ。いかがかな？　庭坂所長」

「話の中身は理解しました。ただ、調整も必要ですから、社長が2度歯磨きを終わらせるまでの時間をいただけますか？　返事はショートメールにて」

「わしは毎食後、歯を磨くのを習慣にしてるよ」

巌はそう言うと、わざと歯を見せるようににっと笑った。

「では社長が今日の夕食の席に着くまでには」

塔麻はまるでそう言われることを予期していたかのように、淀みなく答えを返した。すると巌は人を射抜くような強い眼差しで塔麻の顔を一瞬じっと見てから、すぐに表情を和らげて言った。

「ああ、それなら結構。よく検討してくださいな」

そしてこれ以上のムダ話は無用だとでも言いたげに、須美が注ごうとするお茶のお代わりを右手で制してスックと立ち上がると、来た時と同じような大股で扉に向かっていった。慌てた逸徒が後を追いかけ、一緒のエレベーターに乗り込んで、1階の雑居ビルの出口まで付き添った後に、丁寧な挨拶とともに巌を見送った。

「上首尾に終わったらインセンティブもお付けするつもりだと、君の口から庭坂所長に伝えておいてくれないか」

巌はウィンクとともにイタズラっぽくそんな言葉を残すと、右手を持ち上げた後ろ姿のままで去っていった。

逸徒は、事務所に戻ってくるなり塔麻に尋ねた。

「あの社長がまめに歯を磨いてるのを知ってたような口振りでしたね？」

「勘が当たっただけだよ。金持ちは歯を大事にするからな。肌ツヤもいいし、あれだけ引き締まった体つきを維持していられるのは、自分をきちんと律することができる人間ということなのだろう。いくらでも美味いものを食える立場にいるのだろうからね」

「体が健康なのは認めますが……。ここだけの話、永森社長の左目は、精巧に作られた義眼のようですね」

逸徒のポツリとした言葉に、塔麻は少し驚いた顔を見せた。

「えっ、あれがか？　それは気づかなかったな。なぜおまえにそれがわかる？」

「左目の瞳の奥にだけ、感情が宿っていないからです。ほんのわずかな輝きの違いなんですが、そのかすかな部分に決定的な意味の違いがあるんです。おそらくあの精巧な義眼は、国内でも一二を争う名工の手によるものでしょう。１００人が見て、それと気づくのは、まず僕くらいのものかもしれませんが」

「ふふ、時々おまえには驚かされるよ、逸徒。だがおまえは気づいていたか？　今の俺たちとの一連のやり取りを、あの老人はすべて記録に残していたぞ」

「え、どうやってですか？」

「記録というより、録音だな。あの黒いカバンの中には、間違いなく、ボイスレコーダーが仕込まれていた。老人が小切手を取り出す際にさりげなく操作していたのに俺は気づいたよ」

「え、僕だって目の前にいたのに、まったくわかりませんでした。でも一体何のために？」

「今回の依頼に絡むことは、あの老人としてはすべてを記録しておきたいのだろう。つまりあの人間にとって、今回の件はよほどの重要案件ということだ」

「で、どうするんですか？　所長」

「話を聞いた時点で引き受けることはほぼ決まっている。答えを半日間延ばした訳は、おまえの仕事の調整と、どういう布陣で臨めばいいかをじっくりと考えるためだ。北日本総合地所と言えば、関東のみならず、首都圏や関西、果ては海外にも有名ビルを多数抱えた超優良企業だ。代表であるあの永森巌という人物も、資産は数百億あるという噂だからね。先ほどの言いぶりからだと、社長にとってかなりの重要案件であるこの話には、我々が呈示する条件など、見積書も見ないでＯＫを出すレベルなのだろう。向こうが本気なら、こちらも本気でお付き合いをしなければな。おまえの他の仕事は小椋と石田とで回す。うちの社の名誉のためにも、頑張ってくれよ、逸徒」

「僕で務まる中身だといいのですが……」

「あの社長はなかなかのタヌキだ。おまえのことを念入りに観察した上で頼んでいるってことは、おまえなら務まると踏んでのことだろう………。たった今、布陣を思い付いたよ。須美もこのプロジェクトに加えて、うちとしての最善の策を講じようと思う。おまえたち奈良輪兄妹のお手並み拝見という訳だ」

　そこまでを言うと塔麻は石田と小椋とを呼んで、逸徒が現在請け負っている浮気調査の引き継ぎの話し合いを始めた。

それから1週間後の朝は少し小雨まじりだった。足場を確かめながらひょこひょこと歩を運んでいた逸徒は、例の雑居ビルの前まで来てから立ち止まり、ここ数日間姿を見ていなかった花壇に傘をさしてうずくまる娘に、久方ぶりの明るい口調で声をかけた。

「今日はあいにくの雨模様ですね」

すると娘が立ち上がってこちらを見た。だがどうしたことだろう。そこにいたのは、いつものあの娘ではない。髪の毛は普通に黒のセミロングで、どこにでもいるＯＬの濃紺のスーツを着た、きりっと整った顔立ちの別の娘だ。だが娘はそんな逸徒を見て嫌な顔をすることもなく、いつもの娘と変わらないほどの明るい笑顔を見せた。

「ひょっとしてあなたは、いつも萌波《もなみ》ちゃんと会話している方ですね？　今日は萌波ちゃんじゃなくて残念でしたね。私は凜《りん》です。萌波ちゃんが植えた黄色いダリアの球根の周りに、少し肥料を足していたところです」

「あ、ああ、そうでしたか」

逸徒は一瞬どういう顔をしていいのかと、戸惑いの表情を浮かべた。凜と名乗る娘は

そんな逸徒の心中を察してか、

「私を見かけても、また声をかけてくださいね」

と言ってにっこりと笑うと、また腰を落として、花壇の手入れを再開させた。

「あなたたちにお世話をされてる花たちは、幸せな存在ですね」

逸徒の言葉を聞いて、「まぁ」と嬉しそうに微笑む凛に、

「花が咲くのを楽しみにしていますね」

と、いつもの娘に言ったのと同じことを話して、逸徒はその場を離れた。

……ベージュの髪の子は萌波という名前だったのか。それにしても見た目から中身まで全然違うのに、凛という娘も萌波に負けず劣らずびっくりするくらい綺麗な子だ。姉妹には見えないけど、一体どういう関係なんだろう………

歩きながら2人の娘のことにばかり気を取られて、あれこれと考え事をしていた逸徒は、渡るべき信号が青に変わっているのにしばらくの間気づかずに、交差点で立ち止まっていた。自分を不思議そうな目で見て通り過ぎていく通行人の存在に気づいて、バツが悪そうな顔で苦笑いしながら、逸徒は大股で歩みを再開させた。

……名前がわかったのだから、須美が言うところの一歩前進ということになるのだ

ろうか。新しい登場人物も加わり、まるで神様が仕組んだ現実の美少女ゲームの中で、僕が試されているみたいだ……。

そんな言葉をつぶやいて、一瞬頬を緩めた逸徒だったが、それからしばらくの間、永森社長の仕事の前に、可能な限り懸案事項を片付けておけという塔麻の指示を受けて、逸徒はこの娘たちのことなど思い出せもしないほどに忙しい1週間を送ることになった。

「奈良輪逸徒様、こちらへどうぞ。お待ち申し上げておりました」

その日、榊《さかき》と名乗った50歳ほどのパリッとした背広の男の出迎えを受けた逸徒は、巨大な北日本総合地所のビルのエントランス脇のエレベーターで、地上8階建ての5階にある会議室脇の控え室へと案内された。部屋のドアを開けると、逸徒には驚くべき人物が逸徒を待ち構えていた。

「あ、君は……」

それは何度も通勤時に遭遇している、あのかわいらしいベージュの髪の娘、萌波だった。萌波は逸徒の顔を認めると、いつもの柔和な笑顔でにっこりと微笑みながら、優しい声で次のように言った。

「いつも声をかけてくださってありがとうございます、逸徒さん。名乗るのが遅れましたが、私は北須賀萌波《きたすがもなみ》と申す者です。巌さま……当社の代表である永森巌の秘書をさせていただいております」

逸徒は萌波の話に、正直驚きを隠せずにいた。今日永森社長から呼び出された依頼の件に、この美しい娘が絡んでいたということもさることながら、いつもお人形さんのように精緻に作り込まれたかわいらしい服を着ているこの娘が、莫大な資産規模を持つ北日本総合地所の社長秘書であったという事実が極めて意外だったからだ。しかも萌波は巌からの知識か、すでに逸徒の名前を知っていた。ふと思い付いて逸徒が外に面した窓から表通りに目をやると、道を挟んだ反対側に萌波が球根を植えていた花壇がある雑居ビルを確認することができた。数多の不動産を所有している北日本総合地所があの雑居ビルの持ち主でも、確かに何の不思議もない。この娘の花壇の手入れの訳が、逸徒にもようやく理解できた瞬間だった。「ああ、なるほど」とつぶやいた逸徒が屋内に目を戻すと、深みのある黒紫と濃いピンクとを組み合わせたドレス風ワンピースに身を包んでいる萌波は、室内の落ち着いた照明の下で、部屋の芸術品のように美麗に見えた。ふんわりと甘い香りがするかわいらしいフランス人形を眩しい眼差しで見つめながら、逸徒はやっとのことで次のような言葉を口にした。

「僕の名前をすでにご存知だとは思いませんでしたよ。こちらこそよろしくお願いいたしますね、萌波さん」

すると萌波は一旦は頬のあたりに優しい笑みを浮かべたものの、ふと何かを思い出したような顔で、すぐに表情を固くした。そしてその綺麗な眉をひそめるような様子で、次のような言葉を口にした。

「私はあなたに一つだけ謝らなければならないことがあります。ある朝、あなたが私に声をかけてくださった時に、私にはふとしたイタズラ心が湧き上がったんです。いつも穏やかな様子のあなたという人間がどこにお勤めのどんな方なのか知りたくなった私は、あなたが立ち去った後、あなたに気づかれないようにそっとあなたの後をつけました。そしたら歩いて10分くらいのビルの内部にあなたは消えていったんです。そこがさまざまな会社が事務所を置いている5階建ての商業ビルだということはすぐにわかりました。私も急いでそのビルに駆け込むと、ちょうどあなたが乗ったとおぼしきエレベーターが3階の庭坂探偵事務所という場所に止まったのがわかりました。そして仕事場に戻った私は、そのホームページをネットで調べて、あなたが奈良輪逸徒さんというお名前だと知ったんです」

　その話を聞いて、逸徒はバツが悪そうな顔をした。

「ははは、つけられていたのに気づかないなんて、この仕事失格だな。まるであなたが探偵のようですね」

　すると少し照れたように、娘は微笑んだ。

「今回のことではぜひ私に力を貸していただきたいのです」

「ええ、もちろん。僕なんかでよければいくらでも力をお貸ししますよ。でも、ということは僕を指名してくれたのは永森社長じゃなくて、本当は萌波さんだったということですか？」

　萌波はそこで少し恥ずかしそうな様子でこくりと小さく首を傾けた。

「今回の件で巌さまから、誰かに手伝ってもらいたい相手はいないかと聞かれて、私はあなたの名前を挙げました。たまたまホームページで見たあなた以外に、該当する相手が私には思い浮かばなかったからです。あなたの承諾もないのに勝手にそんなことをしてすみません」

「いえいえ、僕たちは何かを依頼されて動くのが仕事ですからね……。でも、永森社長はまず僕に行方不明の猫の捜索を依頼されてきましたよね？」

「気を悪くしないで聞いてくださいね、逸徒さん。巌さまはいつもきちんと相手を確かめてから大事な仕事を頼まれる方なので、私の件にかかる前に、あなたの仕事ぶりを確認したいとおっしゃられて、それで……」

その話に逸徒は、「そうでしたか」と言いながら、やっと納得がいったように何度か小さくうなずいた。巌が初対面であるはずの自分を指名してきたことの不可解さが、ここにきてようやく理解できたからだ。逸徒が一連の出来事を知ってもなお気分を害さずにいることを知った萌波は、安心したようににっこりと微笑んだ。その愛らしさに溢れた表情を見て、本当にこの子の笑顔は人の心をとろけさせる破壊力があるなと、逸徒は心の中でつぶやいた。

「どうやら、そろそろお時間のようです」

壁に掛けられた時計に目をやった萌波は、控え室の扉を開くと、澄んだ言葉とともに逸徒を会議室へと導いた。

萌波に続いて会議室へと足を踏み入れた逸徒は、明るく照らされた室内のまばゆい灯りに一瞬目を細めた。やがて徐々に馴れてきた彼の瞳がそこにいる人物の特定を始めるよりも先に、聞き覚えのあるしわがれた声が逸徒の耳に飛び込んできた。

「やぁ、待ってたよ、逸徒くん。君の席はそちら側だ」

見ればロの字に並べられたテーブルの向こう側の中央の席に、巌が王様のような雰囲気を漂わせながら、笑顔で収まっていた。

「はい、ありがとうございます」

逸徒が萌波に教えられた、巌とは向かい側の席に腰を落ち着けると、巌の右隣にいる人物が自分の姿を見て、軽く会釈をした。

「あ、君は先日の………」

それは先日花壇の前で逸徒が出会った、凜という名の黒のセミロングの娘だった。凜は旧知の友に再会したかのような親しげな様子でにっこりと微笑んだ。

「誰なの？」

凜の右隣にいる年配の婦人が、訝しげに声を掛けた。

「逸徒さんよ。今回、萌波ちゃんのお手伝いをすることになっているの」

凜はそう説明した後で、逸徒のほうにイタズラっぽい顔を向けると、口に手を当てて、内緒話でもするようなコソコソ口調で言った。

「萌波ちゃんがとても羨ましいわ。私はおじさまからのお手伝いの要請を断ったけれど、その時は逸徒さんという探偵さんなんて知るよしもなかったですからね。萌波ちゃんには内緒で、私たちのお手伝いもしてくださる？」

これが冗談であることは、巌を挟んだふた席隣に腰を落ち着けていた萌波がクスッと笑ったことからも明らかだった。２人の様子から、萌波と凜とがとても仲のいい関係であることもすぐに感じ取れた。今日の凜は、黒のジャケット姿だったが、白のフリルの付いた清潔感のあるシャツとのコントラストがとてもよく似合っていて、さっぱりとしていて清楚な印象を醸し出していた。何か言葉を返そうと、逸徒が口を開きかけた瞬間に、巌が口を開いた。

「さてみなさん、見たところ欠席者もなくきちんと席にも収まっていただいたようだし、まだ時間にはなっていないが、そろそろ始めるとしましょうかな」

巌の鶴の一声で、多少ざわついていた会議室内が、見事なほど一瞬で、静寂な空間へと変わった。逸徒が改めて見回すと、20畳ほどのその部屋にいたのは、萌波と巌、凜と隣の婦人の他に、今ほど逸徒を案内して来た榊、会社の役員か社員のような背広の男たちが５人ほど、見たところ社員ではない外部の背広組が３人、会社の業務とは関係なさそうな普通の格好をした年配の男女が2、3人ずつ、そして一番隅の席にはなぜか澄ました顔の塔麻の姿もあった。巌は椅子から立ち上がるといつものごとく背骨をピンと伸ばし、従業員が差し出したマイクを不要だといった仕草で断ると、彼の中身を物語るようなしゃんとした姿勢で話を始めた。

「今日は忙しい中を集まってくれてありがとう、みなさん。みなさん一人一人とは面識があるから、よくご存知だとは思うが、わしはこの北日本総合地所の代表である永森巌です」

そこで一拍置くと、巌はにっこりとした後、自分の両隣にいる若い娘2人に合図を送って起立を促した。萌波からいつも漂っている甘い香りがかすかに逸徒のいるところにまで届いた。

「まずわしの自慢の娘たち、と言うか今回のキーパーソンである2人を紹介するとしよう。わしにはもう亡くなった兄と妹がいるが、こちらがその妹の孫に当たる宮川凜くん、そしてこちらがわしの秘書の北須賀萌波くんだ」

名前を呼ばれた2人の綺麗な娘たちは、ほぼ同じタイミング、同じ角度でその場にいる人たちに深々とお辞儀をすると、リハーサルでもしたのかと思えるほど、やはり同じ間合いで頭を持ち上げた。タイプのまったく違った、しかし秀逸と言ってもいいほどに美しい２人の娘たちは、端でただ眺めているだけでも十分に見応えがある容姿、所作を兼ね備えており、彼女たちがいる空間は、そこだけがまるでパッと花が咲いたような華やかな雰囲気に満ちていた。巌は、「ここから先は、わしらも着座のまま話をさせていただきますよ」と言って、２人の娘たちとともに椅子に腰を落ち着けた後、さらに話を続けた。

「今ここに出席してくれているうちの社員、そして遠縁のみなさんにはすでにお伝えしていることではあるが、今回わざわざみなさんに集まってもらったのは、わしの後継者に絡む大事な決め事のためだ。わしの唯一の娘であった綾は2年前の不幸な火事で夫の賢司くんとともに亡くなってしまった。ここにいる萌波くんはわしの有能な秘書で、綾たちの養子でもあったから、わしの戸籍上の孫という立場ではある。そして凜くんはうちの会社の営業に携わってもらってる若手のホープと言ってもいい存在だが、言い方を変えれば、わしの4親等離れた親族でもある。２人は同じ国立大学の法学部を卒業している才媛で、１回目の受験でともに宅建の資格も取得済みの、２人ともすこぶる出来のいい25歳だ。わしが見たところ、わしの後継者としてどちらがわしの事業を引き継いだとしても何の問題もない」

そこで巌はいたって満足げに2人の娘をかわるがわる眺めると、目を細めながらさらに言葉を続けた。

「もうひとつ言葉を加えれば、わしの望み通り、2人とも極めて美しい娘に成長してくれた」

すると凜の隣の婦人が、苛立った様子を隠そうともせずに口を開いた。

「おじさま、お言葉ですが、その言い方は少しおかしくないですか？　確かに4親等は離れていますが、うちの凜はおじさまとは間違いなく血が繋がった、れっきとした親族です。それをこんな、訳のわからない孤児院から拾ってきた、どこの馬の骨とも知れない娘と同列に語るだなんて、おじさまはどうかしてしまっています。おじさまからは3親等の立場の私から見ても納得がいきませんっ！」

「お母さま、やめて。確かに萌波ちゃんはおじさまと血の繋がりはないものの、綾さんの養子であった以上、おじさまの代襲相続人という立場なのよ。代襲相続人である場合、このまま何もしなければ、相続権はすべて萌波ちゃんにいくということになる。だから今回のことは、おじさまの私たちに対する配慮の側面が大きいのよ」

凜がそう言って婦人をたしなめた。巌はその様子を感慨深げに見ると、

「さすがは凜だ。おまえは今回の真理をよく見抜いている。だから相続の候補者はおまえの母親の礼子ではなく、おまえなのだ。今回のことはおまえたち……特に礼子にとって、このままではおそらく納得がいかないだろうと思ったから、こういう機会を設けたと言ってもいい。わしはな、みんなが納得のいく方法を取ったほうが、後に禍根を残さず、すべてが円滑にいくと思っているんだ」

と言ってにっこりと笑った。

「萌波くんとわしとは確かに血の繋がりはないが、綾の娘であることに間違いはない。わしは凜くんと同様に萌波くんのことも、実の娘か孫のように思っている」

凜が、まだ何かを言いたげな礼子の手を掴んで、その言葉を封じた。その様子を見て、巌は穏やかに微笑みながら次の言葉を口にした。

「わしの人生もここまで随分遠くまで来た。思い返せばいろいろなことがあった。一部の人間からは蔑まれることもあったが、人があまりやりたがらない清掃業で身を起こし、金貸し業を営んで、それなりに資産も増やしてきた。その時に得たお金が今の不動産業の基盤作りに大きく寄与していたのは間違いがない。わしはその後貸金業からは足を洗

い、50年近くに渡り、北関東から都心にまたがる広域で、主に集合住宅や商業ビルの賃貸を中心にした不動産業を営んできた。その時々の時流にも乗って、会社をここまでの規模に拡大させてこれたのは、わしの実力というより、その時々の運と出会った人たちに恵まれたことが大きかったと思う。さらには天上におわする大きな存在のお方の力も大いにお借りしながら、おかげさまで時を経るごとにわしの会社はその規模を大きくしていくことができた。そして今では海外にまで支店ができて、年商は二千数百億というところまで来た。もちろんまだまだやり切れてないことはあるが、わしの代でできることの大部分はもう終わったという気がしている。言葉を変えれば、わしなりに一つの目処は付いた。だからこのあたりで、次なる課題であるわしの後継者問題について考えてみようと思った訳だ」

巌は感情を込めながらも、自分を俯瞰で見ているような、どこか飄々とした調子で話を継いでいった。

「わしはこの事業母体である会社を2つに分けることは考えていない。わしが手塩にかけて育ててきた今の会社はそのままの形で継承、さらには発展させてもらいたいと考えている。よって、まだわしが元気で判断力が残っている今の時点で、萌波くんか凜くんのいずれかを後継者に決めようと思った訳だ。もちろんこの2人はまだまだ若い。不動産業においてひとつの物件を見る時にも、その物件が持つポテンシャルの将来に渡る見極めにはある意味、センスと経験値がものを言う。センスは2人とも同様に備わっているとわしは思っているが、経験値については一朝一夕で身に付くものではない。今の時点でこの2人に、不動産業を営むためのまんべんない能力がすべて備わっている訳ではないことはわしも承知している。だからどちらが後継者にふさわしいかは、もう少し2人の成長を見てからでも遅くないのでは、という意見もあるだろう。だがもう80になるわしに何かあってからではすべてが手遅れになってしまう。わしにはもうあまり時間がないのだ」

そう言うと巌は、ぐるりと長テーブルを囲んでいる面々を見回した。

「ここに関係者に集まってもらったのは、これからわしが言うことの中身を、ここにいるみなさんにも正確に理解していてもらいたいからだ。今からわしが話すことには、少々常軌を逸した企てが含まれている。ただわしの意図するところを、ここにいるみなさんには誤解することなく、細かいところまできちんと間違いなく把握してもらいたいのだ。復習のため、話の中身は、録画して今日中にみなさんのスマホにもお送りする。時間がある時にでも再度見返してもらえるとありがたい」

巌の真剣な様子を、会議室内にいる人間全員が一人残らず固唾を飲んで見守っていた。

だがその緊張感のある空間を楽しんででもいるかのように、巌は穏やかな笑みを浮かべると、さらに言葉を続けた。

「わしが営んでいる不動産業は、物件の売買や賃貸を通して他人の幸福に寄与している、とても素晴らしい仕事だ。ある意味、究極の社会貢献と言ってもいい。特にうちの会社は、いわゆる普通の不動産仲介業に留まらず、自らが多数の収益物件を抱えてその管理業務までをも請け負っている、不動産の言わば総合商社だ。もちろん最初から今の形だった訳ではない。ここまで来るのにさまざまな試行錯誤を繰り返しながら、かなり長い年月をかけて今の形に収斂してきた。そして不動産業を始める前には、先ほども話した通り、わしには金貸しをしていた時代がある。困っている人に金を貸して窮地を救うこの仕事も決して悪い側面ばかりがある訳ではない。なぜならそれを感謝する人間もいるからだ。でもわしにはどうしても忘れられない苦い思い出があるんだ」

そう言うと、巌は眉間にしわを寄せて、テーブルの一角を凝視した。空白の間が流れたが、誰も何も声を発せず、ただ静かに巌の次の言葉を待った。やがてその静寂を打ち破るように巌の苦悩に満ちた声が会議室に響いた。

「あれは今から50年ほど前のことだ。何度も繰り返し金を貸してくれるように頼むとある夫婦があった。焦げ付く恐れがあったから貸すのを躊躇せざるをえなかったが、あまりにも何度も頼むので、最後には根負けして、わしはさほど多くはない額の金を貸した。その夫婦には小さな女の子が一人いたが、わしが4歳くらいかと思ったその子は今に思えば栄養が足りていないせいで実際は6歳ほどだったのかもしれない。夫婦は2人とも病気がちで生活保護を受けていたが、何かの宗教にはまり込んでいて、生活にはまったく余裕がなかった。約束の期日が来ても案の定お金は戻らず、さらに2度期限を延ばしてもやっぱりお金は返ってこなかった。仕方ないのでわしは夫婦の家に押しかけて、借金のかたにあまり多くはない金目の家財道具を持ち出した。当時、金貸しを単なる商売としてしか捉えてなかったわしは、それをすることにまったく躊躇はなかった。そしてそれをした10日後にその家の前を通りかかった時、やけに家の中ががらんとしているのに気づいた。隣の家の人が水やりをしていたから話を聞くと、数日前に夫婦と女の子は一家で心中を図ったのだと言う。救急車で運ばれたが、3人とも亡くなったということだった」

そこで一拍の間を取った巌は、話すのが辛そうにしながら、残りを語り始めた。
「わしは急いで帰ると、まだ処分されていない夫婦の家から運んだ荷物を見た。すると
その中に、まだ買ったばかりの真新しいランドセルを見つけたのだ。瞬間、わしは脳天
を釘で打ち付けられたような衝撃を受けた。そして家財道具を運んでいた時にこちらを
じっと見ていた女の子の寂しそうな顔が頭に浮かんだんだ。それからわしは1週間ほど、
飯が喉を通らず、泣きながら暮らしたよ。ひょっとするとあの子は自分が殺したんじゃ
ないか。そんな思いにわしの心はその後もずっと支配されてしまい、女の子のあの目が
心に焼き付いて離れなくなってしまった」
そこまでを言うと、巌は小刻みに震える手を握り直して言葉を継いだ。
「あの時のわしの行動が間違っていた訳ではないと今も思っている。だがそれと同時に、
いやそれ以上にわしはあの時の自分がどうしても許せないのだ。金貸しという仕事に見
切りを付けて別の道を歩む決意をしたのも、そのことが大きな原因だ」
巌はそこでほうっと大きく一つ息を吐いた。
「さて、話をもとに戻そう。わしは自分の会社を受け継いでもらう相手には、このこと
を強く求めたいと思っている。つまり人の痛みがわかり、他人の喜びを自分の喜びとし

て感じることができる人間であるということだ。今の北日本総合地所は正直、よほどのことがない限り揺るがないほどの基盤がある。もちろんこれからの会社の発展に、受け継ぐ者の能力が大きく左右するのは間違いないが、会社が発展しても、会社を継いだ人間が使うお金の使途が人間として血が通ったものでなければ、そこに意味があるとはわしには思えないのだ。つまりわしが後継者に求めたいのは、経済的な発展を遂げる能力もさることながら、弱者の視点に立てる、人道的に優れた部分だ。仮にこの事業を受け継いだ相手が、他人への施しを優先させ、結果として会社が危うくなったとしても、わしは新しく会社を受け継ぐ者の判断に委ねようと思う。わしが事業を始めた時点で、わしがほぼ一文なしだったことを考えれば、わしにはそれを残念に思う気持ちなど1ミリもない。わしが作ったこの会社は、わしの選んだ相手の好きにさせたいと思う」

そう言うと、榊のほうを見て何かを意図するように目配せをした。

「さてくどくどと回りくどい話をしたが、後継者を決める方法は実はとあるゲームだ。2人の将来に渡る不動産業の能力値を現時点で正確に測る術がない以上、何か別の方法で決めなければならないからな。みんなが見ているこの場で、2人にジャンケンをさせる手もあるが、いくらなんでもそれは不粋に過ぎる。大体それでは負けたほうがいつまで経っても納得できないことになるだろう」

榊が会議室を出ていくのを目で追って確認しながら、巌はさらに説明を続けた。

「わかりやすくするために、これからはこの競い合いのことを、幸福値《こうふくち》ゲームと呼ぶことにする。わしの競い合いが何かを説明する前に、別の部屋にゲストをお呼びしているので、その方に話を伺うとしよう。そのほうがみんなの理解も早いだろう」

それからほどなくして、榊がとある人物を会議室に連れてきた。現れたのは、胸にオレンジ色の猫を抱いた70歳ほどの老婦人だった。大勢の人間に気後れしたように頭を下げ気味にしながら、言われるがまま、萌波の左の席に腰を下ろした。

「みんなにも紹介するとしよう。下山さんだ。ここひと月ほどの出来事を、ではご本人の口からここにいる面々に教えていただけますかな?」

「はい」

何事が始まるのかと、周りの人間たちが固唾を飲んで見守っていたが、ここにいる中で、唯一逸徒と塔麻だけがこの女性が話す中身を事前に知っていた。というのも、この下山という女性は、庭坂探偵事務所の依頼人で、巌の指名により逸徒がその依頼を直接担当した相手であったからだ。費用を持ったのは巌だから、正確に言うと依頼人は巌ということになるのかもしれないが。

下山という老婦人は、人前で話すことに慣れていないのか、たどたどしい口調で所々つっかえながら話を始めた。

「私は5年前、夫に先立たれました。娘や孫もいますが、離れた土地にいるため同居はしていません。そんな私にとってここにいるマンチカンの麦ちゃんは、今の私の唯一の家族みたいなものです。夫が亡くなって落ち込んでいる私に、経済的には余裕のない娘が思い切って買ってくれたものです。ですが先日、宅配の配達員さんが来た時に外に飛び出したきり、行方不明になってしまったのです。配達員さんに責任がある訳ではありませんが、声の大きな方だったため、おそらくびっくりしたのだろうと思います。私は必死になって探しましたが、近所を探しても見つかりませんでした。その後範囲を広げて、ご近所さんにも協力してもらって探しましたが、やっぱり駄目でした。地元のラジオ局のペット捜索のコーナーで紹介してもらったり、近くのホームセンターに張り紙させてもらったりもしましたが、とうとう見つかりません。そして憔悴して、半ば諦めかけていた時に張り紙を見たこちらの社長さんが一緒に探そうと言ってくださったんです。年金暮らしの私には到底不可能な、興信所の探偵さんまで雇ってくださって探してもらった結果、幾晩かの張り込みの後に、捕獲器で麦を捕らえることができました。麦と再会した時、私の目からは涙が次々に溢れて出ました。夫が亡くなった時にも涙など流したことはなかったのに、です。ですからこちらの社長さんにはとてもとても感謝申し上げております」

老婦人の言葉を受けて、巌が大きく首を横に振った。

「いやいや、正直わしはお金を払っただけで、実際に探してくれたのは、そこにいる庭坂探偵事務所の逸徒くんだ。有能な彼には大いに感謝している」

急に名前を挙げられた逸徒は、自分に集まった視線を受けて、少し照れたように小さく頭を下げた。

「さてそこでだ。このご婦人の心の中における幸福値が、この猫が戻ったことでどれくらい上昇したのかを、わしは数値化して知りたいと思った訳だ。物事の感じ方が人それぞれ違う中でのこの試みには難しさがあるが、今まで聞いたことのないこの数値化に、わしはあえて挑戦したいと思った」

巌は下山の胸の猫に目をやると、柔らかな笑みを浮かべた。

「そしてまず、猫が見つからずに憔悴し切っている時の彼女に尋ねた。幸福値の最高が

100点だとして、あなたは今何点ですか、と。最初に訊かれた時、あなたは何とお答えになったかな？　下山さん」

「え、はい……。お恥ずかしい話ですが、確かゼロだと」

「ああ、確かにそうおっしゃられた。ゼロだとね。だがわしはその答えには納得しなかった。幸福値がゼロの人間など、今の日本にそうそういないと思ったからだ。幸福値ゼロの状態とは、中東でテロ組織に捕まり、明日をも知れぬ命の状況に追い込まれたジャーナリストの心境と同レベルだ。借金苦に押し潰されて首をくくる寸前の中小企業の社長だ。だが日本で年に3万人いる自殺者すべてが、そのレベルという訳ではない。幸福値50の人間だって、刹那的に死にたくなることはある。つまり死＝幸福値ゼロではないのだ。わしが見るところ、幸福値ゼロの人間はそうそう多くない」

そこまでを話して、人々が険しい目つきでこちらを見つめているのに気づいた巌は、話題が暗い方向に向いてしまったことを反省するような素振りを見せた。

「自殺者の話は、この際余計だったかな。さて話をもとに戻すと、下山さんには離れて暮らしてはいるものの、親孝行の娘さんもいるし、かわいいお孫さんだっている。限られたお金かもしれないが、旦那さんが残してくれた遺族年金によって、贅沢は無理でも生活に困ることはない。猫がいなくなって今は落ち込んでいても、半年もすれば気持ちも落ち着いてきて、また別の猫を飼い始めるかもしれない。そんなことを彼女にお話しして、もう一度考えてもらった。そして下山さんが導き出した答えが、何点でしたかな？下山さん……」

「確か、35点でした」

「さよう、35点」

そこでにっこりと笑うと、巌はさらに話を続けた。

「懸命に考えた末に彼女が導き出した答えは、幸福値35点。これが彼女の現状を映した妥当な数値なのかは、正直他人であるわしにはよくわからない。だが真剣に考えた末に彼女が辿り着いたものなのだから、この数値を尊重すべきものだとわしは思う」

巌の言葉に、下山は静かにうなずいた。

「さてでは、下山さん、あなたにここで伺おう。もちろんその答えを聞くのはわしも今が初めてだ。大事な麦ちゃんを胸に抱いた今の状態のあなたの幸福値を数値に置き換えるとすれば、一体いくつになると思われますか？」

真剣そのものの眼差しで、ここまでの巌の話を辛抱強く聞いていた老婦人だったが、そこで少し明るい顔つきに変わると、一言ずつ噛み締めるような様子で次のように言った。

「はい、社長さんとの出会いで、自分を考えてみるいい機会にもなりました。ここに来る際にもずっと考えていたのですが、今現在の私の幸福値はたぶん80ほどです」

するとにっこりと満面の笑みを浮かべた巌が、次のように言った。

「聞いたかね、みなさん。つまりわしが関わったことで、その時々の気分的な誤差はあるにしても、彼女の幸福値は35から80に上がったということになる。差額の45が、今回わしが獲得した他人へのお手伝いの手柄という訳だ」

巌は左右に座る美しい娘たちを交互に見ながら、言葉を継いだ。

「そしてわしがここにいる娘2人に競ってほしいことはこれだ。この娘たちにはその対象になる者をそれぞれ2人ずつ選んだ上で、これからおおよそ半年の間に、その2人の幸福値を引き上げてほしいと思っている。相手はどんな職種のどんな年齢のどんな相手でも構わない。そして幸福値を引き上げるやり方や中身は自由だ。その結果、この娘たちが関わったことで、幸せの数値がいくつからいくつになったのか、その選定した2人おのおのが答えた数値の差額の合計で優劣を競ってほしいのだ。ただし、最初と最後の幸福値はわしが確認する。そして対象者の変更は認めないので、最初からよく吟味してから相手を選んでほしい。これは、いかに他人を幸せにできるかの能力の優劣を争う競技だ。言い方を変えれば、他人の痛みにどれだけ寄り添えるかが問われる。そしてそれにかかる費用はもちろん全額わしが出させてもらう」

「費用は全額おじさま持ち?」

礼子が少し怪訝そうな言い方で尋ねた。

「ああ。その支出が妥当かどうかの判断をわしがした上で、という条件付きでだが、目的を遂行するためなら必要な分はすべてわしが持つ。ただし誤解をしないでもらいたいのは、ただ金をあげるだけというのでは駄目だ。金をもらったら誰だって嬉しいだろうが、それは瞬間的に気持ちが高揚しているだけで、その人間の本質的な幸福感に影響を与えているとは思わないからだ。宝くじクラスの金額を与えれば、確かにその人間の人生は大きく変わるかもしれないが、そのやり方はわしの本意ではない」

そこまでを言うと大きく息をひとつ吐いて、巌は2人の娘に再び目をやった。

「実は、萌波くんと凜くんにはすでに話を済ませてある。2人とも最初に聞いた時には、ひどく戸惑った様子だったが、最終的にはわしの話をきちんと理解した上で、今は前向きに捉えてくれている。このゲームに参加してくれるということで2人とも異議はないな?」

巌の言葉を受けて、2人の娘はやはり同時に大きくうなずいた。

「よかろう。2人のお手伝い役として、萌波くんには庭坂探偵事務所の逸徒くんを。凜くんには当社の推進室長の榊を付けようと思っている。これは本人たちの意向を踏まえた上での措置だ。そしてそのおのおののチームの呼び名は、萌波くんたちが【チーム麦】、凜くんたちが【チームまお】だ。これはお互いにゆかりの猫の名前から取っている。今日みなさんに集まってもらったのは、この幸福値ゲームのスタートに立ち会ってもらうためだ」

巌は会場全体を見渡し、人々がここまでの内容を十分に理解しているらしいことを確認した。そして声を半オクターブ下げると、さらに言葉を継いだ。

「何度も言うが、本来人の気持ちを数値化することには無理がある。幸せかどうかは同じ人間でも考え方や捉え方を少し変えるだけでも簡単に変化すると思う。躁と鬱を繰り返す人間の朝と晩の答えは大きく違っているかもしれない。だが幸せを感じるのが人間という生き物である以上、この数値化にはやっぱり意味がある。まったく同じ境遇にあっても、ある者は幸せでもある者は不幸だと感じることが普通にあるから、それを踏まえた上で、候補者を選んでもらいたい」

するとそこで礼子が再び口を開いた。

「いかにも偽善者のおじさまが考えそうな、風変わりで薄っぺらな企てですわね」

礼子の言葉は皮肉たっぷりのとげとげしいものだったが、巌はふふふと笑いながら、

「いかにも」と相槌を打った。

「偽善者であるわしにしか、考え付かんゲームだろう。おまえの言うことはその通りだ、礼子。だがいかに風変わりで薄っぺらなゲームであっても、その勝ち負けがもたらす結果は甚大だ。萌波くんか凜くんかのどちらかがこのゲームの勝者となった場合、勝った者をわしの養子に迎えて、わしの唯一の後継者にしようと思っているんだからな。萌波くんは今のままでも十分に法律上わしの相続人だが、わしは彼女が勝った場合、彼女をわしの屋敷に直接住まわせて、実の親子同然に扱おうと思っている。凜くんだって然りだ。つまりそれは、このゲームの勝者が、わしの会社の全株式、並びに全財産を引き継ぐことを意味する」

＊　＊　＊

「ここまでうまくおじさまを手なずけたものね、萌波さん」

場がお開きになって、巌や凜や会場にいたその他の人間たちの大部分が退室したと同時に、居残っていた礼子が萌波に声をかけてきた。腰を持ち上げて帰りかけていた塔麻が、再びゆっくりと腰を下ろした。逸徒もただならぬ礼子の気配を感じて、彼女の口から生まれる次の言葉に注目した。

「いや、手なずけたは言い過ぎかしら。おじさまが先ほどのランドセルの女の子とあなたとを重ね合わせて、あなたに過度に同情の念を抱いているのは、歳を取って涙もろくなった老人のセンチメンタリズムと言ってもいいかもしれないからね。しかしそれにしても、可哀想な身寄りの娘を拾ってみたら、思ったより頭が良くてそれなりに使えたってだけで、巨万の富を有する北日本総合地所の後継者候補に据えるだなんて、ほんとにおじさまは頭がいかれているとしか思えないわ。あなたみたいな存在のことを世間では何と言うか知ってる？　萌波さん。泥棒猫よ、泥棒猫」

礼子の言葉に萌波は歯向かうことなく、ただじっとうつむいて声を上げずにいた。自分に言い返してこない萌波の態度にさらに腹を立てたのか、礼子はいきなり萌波の腕を右手で掴むと、きっとした顔をして次のように言った。

「このゲームを辞退しなさい、萌波さん。そして代襲相続人とやらの権利も放棄するのよ。あなたと凜とでは本来立場が違うことくらい、あなたにもわかるでしょう?」

すると萌波は、これまで逸徒には見せたことのないような強い眼差しで礼子を睨み付けると、

「泥棒猫が泥棒猫になったのは、猫のせいではありません。泥棒猫にだって生きる権利があるからですよ、礼子さん」

と強い口調で言って、腕がちぎれるかと思うほどに激しく礼子の手を振りほどくと席を立った。

「いいえ、泥棒猫はどこまでいっても泥棒猫よ!」

礼子は怯むことなく、一度振りほどかれた右手に、今度は左手までをも使って萌波の両腕をもう一度がっちりと掴むと、鬼のような形相で萌波を見た。

「あんたの正体を知っているよ、サイコ娘。ほら、今ここであんたの本性を現しなさいよ! ほら、ここにいる人たちの前で、あんたがやってきたひどい所業のことを言ってしまいなさいよ!」

礼子は萌波を掴んでいる両手に徐々に力を加えると、萌波の体を何度も何度も激しく

揺さぶった。それは萌波が脳しんとうを起こすのではないかと思えるほどに激しいレベルだった。

「れ、礼子さん、やめてください」

逸徒が慌てて２人に近寄ると、礼子の手を無理矢理萌波から引き離した。「大丈夫？萌波さん」と言いながら逸徒が萌波の顔に目を向けると、萌波は礼子の顔を鬼のような形相で見返しながら、ゾッとするような低い声で、次のように言った。

「あなたはいずれ後悔することになる」

それはこれまで逸徒が聞いて知っていた萌波と同じ人物から発せられた声とはとても思えない低くてとげのある響きだった。逸徒は驚きを隠せないまま、ただ茫然と萌波の顔を見つめていた。萌波は呆気に取られている周りの人間たちを置き去りにすると、あっという間にばたんと扉を閉めて、部屋から姿を消してしまった。慌てて逸徒が後を追おうと会議室の扉を開くと、その扉のすぐ裏側に萌波が張り付いていて、茫然とした顔つきのまま、床の一点を恐ろしいほどの強い目つきで凝視していた。それは普段の萌波からは想像もできないほどの、まるで悪魔に取りつかれたような怖い表情だった。逸徒が恐る恐る萌波に手を触れようと近づくと、萌波は、「きぃいいいっ!!」と大きな奇声を発して、ちぎれんばかりに首を左右に振った。萌波の目に溜まっていた涙が、萌波の激しい頭の動きに伴って、床にぱらっぱらっとちぎれて飛び散った。

「萌波さんっ………」

「私………私………あの船の切符をまだ買っていないの………」

「えっ」

「早くしないと、あの大きな船は………私と妹を置いて、どこか遠い国に行ってしまう………。私はどうしたらいいのっ。私はどうすればばっ………」

萌波は床の一点を見詰め、涙をポロポロと次々にこぼしながら、ワナワナと全身を震わせていた。逸徒がそこで見たのは、気ばかり焦って、自分がどう行動すべきかわからずにいる、罠にかかったネズミのように切羽詰まった萌波の姿だった。

………このままではいけない………

萌波の状態は、逸徒の目から見てもとても異常で危険なものに思えた。逸徒は急いで萌波の耳に口を寄せると、気持ちを落ち着かせるように低い声でゆっくりとささやいた。

「ここを出よう、萌波さん。歩いてすぐのうちの事務所に行って、【チーム麦】の作戦会議をしよう」

逸徒は自分の言葉が今の萌波にどれほどの効果をもたらすのか、はなはだ自信のないままに萌波の顔を恐る恐る覗き込んだ。するとまったく意外なことに、萌波は逸徒の言葉に何の抵抗もなく小さくうなずいて、その言葉に素直に従う素振りを見せた。逸徒は迷うことなく萌波の手を取ると、そのまま彼女の手を引いて、エレベーターからビルの外へと彼女を連れ出した。意外なほど素直に手を引かれたままの萌波を連れて、逸徒はそのまま庭坂探偵事務所への道を歩き始めた。会議室にはまだ塔麻が残っていたが、塔麻に声を掛ける余裕など逸徒にはなかった。

やがて5分ほど歩いた時に萌波は自分を取り戻したのか、それまで逸徒に握られている一方だった指に自らの力を込めて、逸徒の手を強く握り返してきた。驚いて逸徒が萌波の顔を見ると、握っていないほうの手で頬の涙を払いながら、萌波がいつもの表情でにっこりと笑った。

「ありがとう、逸徒さん」

萌波はそれから事務所に至るまでの道中を、ずっと気まずそうに伏せ目がちにしたまま、逸徒に逆らうことなくその手を引かれていた。

萌波の悲しい過去

庭坂探偵事務所は、古びた鉄筋コンクリートビルの３階に位置する、あまり目立たない看板を掲げた、知る人ぞ知るといった興信所だった。探偵事務所は、迷宮入りの難事件を解決する頭脳明晰な天才がいるところという印象があるが、実際は浮気調査が仕事の大部分で、その他には人探しや頼まれた調査を請け負うための、ある意味何でも屋的な要素を含んだ職種だった。広域で展開する組織的な興信所とは違い、このあたりの狭いエリアを活動の場としている庭坂探偵事務所は地元密着型とも言えた。

「あれ、お客さんを連れてくるなら、電話くらいしてよ、兄貴」

テーブル上に散らばってる書類や写真を慌てて束ねながら、須美はダークブラウンの髪を激しく揺らしつつ、下地の見えたテーブルの上を、濡れティッシュで素早く拭き取った。探偵事務所の他のメンバーはみんな外出しているらしく、この時事務所内にいたのは須美1人だった。

「あ、お構いなく。私は萌波という者で、逸徒さんとは一緒のチームで戦う、言わば身内みたいなものですから、お客扱いしないでくださいね」

にっこりと笑った萌波のその言葉を聞いた逸徒は、萌波が礼子とのいざこざによる精神的ショックから立ち直ってくれたことに対するホッとした気持ちとともに、自分を身内みたいなものだと言ってくれた萌波の言葉がとても嬉しくて、頬が自然にほころぶのを感じていた。

「わぁ、かわいいっ。ほんとのお人形さんみたいっ」

萌波を初めて瞳の正面で捉えた須美の口から、思わず感嘆の声が漏れた。ドリップコーヒーに注ぐために手にした電気ポットは完全に動きを止め、我を忘れたような顔で萌波に見とれているその瞳には、信じられないものに出会ってしまったような驚きの表情が浮かんでいた。逸徒の様子から、この子が例の花壇の娘だということにすぐに気づいた須美は、「ああ、なるほどね」と、小さな笑みを浮かべながら小声でつぶやいた。

「こちらは僕の妹で、この事務所の留守番役でもある須美です。そしておそらく……えと、【チーム麦】でしたよね？　のもう1人のチームメイトです」

逸徒はそう言いながら、須美が入れたコーヒーのカップを萌波の前に静かに置いた。

「え……。それは嬉しいことですが、私はその話をまだ聞かされていません。そうするようにと、巌さまが依頼されたのでしょうか？」

「いいえ。これはうちの所長からの指示です。永森社長のために、妹も手伝うようにと言われました」

「ああ、そうでしたか……。私のために須美さんまで……」

そう言いながら萌波は、須美にお人形さんみたいと言われたことで改めて先ほどの出来事による涙の跡が気になり始めたのか、自分の顔を手のひらで何度か押さえるような仕草を見せた。彼女の心配事などまったくの杞憂だと思えるほどに美しいそんな萌波の顔を、逸徒はただ心地よい絵画でも眺めているような目で静かに見つめていた。

「これから私もチームの一員としてよろしくお願いしますね、萌波さん。それから私のことはできれば『須美ちゃん』で。私、昔から萌波さんみたいな姉が欲しかったんです」

締まった顔つきになってそう言った須美の言葉を聞いて、萌波はとても嬉しそうにうなずいた。萌波を含む3人はテーブルを囲んで近い距離で向かい合った。

「でもどうしたんですか、その腕のあざ……」

細かい点をいつも目ざとく見抜く須美が、席に着くなり、萌波の両腕の肘上にあるあざを指摘した。

「ああ、それはさっきの………。礼子さんに掴まれた時のものですね?」

逸徒の問いに萌波は小さくうなずいた。

「ひどいわ。どれだけの力で掴めばこんなあざができるの? いきさつは知らないけど、まるでひどい恨みを持った相手でも掴んだみたい」

「そうですね。恨みというか………。あの人は私のことをこれ以上もないくらいに嫌ってるんです。でも無理もないわ。礼子さんは、娘の凜ちゃんが巌さまの後継者になると頭から思い込んでいたのですから……。私が邪魔なのでしょうね」

「可哀想に。綺麗な白い肌がほんとに痛々しい。すぐに消えればいいけど」

「いいえ、このくらい何でもないですよ。だって………」

すると萌波はなぜかそこで後の言葉を口ごもった。「だって………?」と須美がその先を促すように萌波の顔を覗き込むように訊くと、萌波は一拍置いてから観念したかのように次の言葉を口にした。

「だって私の体には、こんなものとは比べ物にならないくらい無数の傷がありますから」

「えっ！」

萌波の話を聞いて、逸徒と須美が同時に声を上げた。

「それって、一体……」

逸徒と須美の強い注目を浴びながら、萌波はゆっくりと目を閉じた。そして同じチームの仲間であるこの兄妹には、話すことが必須であるという覚悟を決めたように、ひとつ小さな息を吐いてからポツリとこう言った。

「この話を私の口から他人に聞いてもらうのは、実はこれが初めてです。私自身、話すことがとても辛い中身でもありますから」

逸徒と須美は固唾を飲んで、強い眼差しで萌波の顔に注目した。表情があれこれと変化する、カラクリ仕掛けの不思議なフランス人形はそれからしばらくの間、その美麗な容姿に似つかわしくない、壮絶な身の上話を始めることになった。萌波はどこか遠くを見ているような目で、胸の奥から少しずつ言葉を取り出していった。

「両親は私が小さい頃に別れたため、私は本当の父親の顔を知りません。母は私が４つの頃に再婚したんですが、新しい父親はＤＶが日常の人でした。あの人にとって必要だったのは母のほうで、私はただひたすらに邪魔な存在だったんです。訳もなく殴られたり蹴られたり、ひどい時には棒で叩かれたり、果物ナイフで切られたこともありました。母はそんな父にはなぜか過度に遠慮がちで、私のことは見て見ぬふりでした。お酒を飲むとそれがさらにエスカレートして、私が苦しむのを見て楽しんでもいたんです。そんな生活が2年ほど続き、あまりにひどい仕打ちに耐え切れなくなった私は、ある日自ら警察に逃げ込みました」

萌波はどこか淡々と語りながらも、話の所々で大きく息を吸い込む仕草を見せた。そして自分を気遣う2人の目を見て、意図的に小さく微笑んだ萌波は、ゆっくりと話を続けた。

「すぐに私は、児童養護施設に引き取られました。昔で言う、孤児院というところですね。そして小学2年生まで私はそこで暮らしたんです。新しい父親の顔は見るのも嫌だったけど、せめて母はそのうち会いに来てくれるだろうと信じていました。でも結局母が施設に来てくれることは一度もなかった。そして園に入って1年が経った頃、私に心臓の病気があることがわかりました。同時にそのまま放置すれば、長くは生きられないことも。でも手術のためには心臓を提供してくれるドナーの存在が必要な上に、それは日本では認められていない手術で、仮に海外での移植手術を受けようとした場合には、渡航費用から手術費用まで莫大なお金がかかるため、市の予算ではどうしようもないこともその時に知りました」

そこまでを話すと、萌波は溜めていた息を大きく吐き出して、涙を含んだ瞳を何度かしばたたかせた。

「私は自分の人生がここで終わるということを自覚しました。みんな私のことを腫れ物に触るように扱い出したけど、どっちにしても長くない命なのだから、もうどうでもいいと私は思った。その頃の私は毎日のように泣いていたけど、職員のお姉さんたちも、私の件に深く入ってこようとはしなかった。というより、立場上どうすることもできなかったんだと思います。私は残り少ない自分の人生を、使うお金もない中でどう過ごそうかと、毎日それればかりを考えていました」

萌波はまるでその時の自分にタイムスリップでもしたかのように、ひどく辛そうに眉の形を歪めた。油断していた涙の粒が一つポロリと頬に垂れた。だがそれをなかったことのように手で払い除けた萌波は、にっこりと笑って言葉を継いだ。

「そしてそんな時です。私の前に巌さまが現れたのは。ある日、園長先生に呼ばれて応接室に入ると、厳しい顔をした白髪のおじいさんが座っていました。私の顔を見ると、それまでの厳しい顔がみるみるうちに優しい笑顔に変わって、『苦しかったな。でももう大丈夫だ。私がおまえの面倒を見るから何も心配するな』と心の奥のほうから取り出したような優しい声で言ってくれた。私は何の説明も受けていなかったけれど、その初めて見るおじいさんのその言葉を聞いた瞬間、涙がポロポロと次から次から溢れ出て、ソファーの上にこぼれ落ちるのを止めることができなかった。もう涙なんてさんざん泣いた自分には一滴も残っていないだろうと思っていたのに。なぜかは知らないけど、こんな私を救ってくれるという慈悲深い人がこの世にはいるんだと思うと、これまで我慢してきた感情が一気に爆発したかのように涙になって溢れ出た。巌さまはそんな私の顔をまっすぐ自分の顔の正面に据えて、『おまえは愛情深い、いい子だ』と言ったんです」

そこまでを語った萌波の目には、こぼれることを許されずに溜まった涙の粒が綺麗に揺れていた。逸徒と須美は言葉を失ったまま、壮絶な過去をただ淡々と語る萌波の穏やかな顔を静かに見つめていた。

「その後、私は巌さまが全額を負担してくれたお金によりアメリカに渡ってドナーが現れるのを待ち、運よくその３ヶ月後に提供してもらった心臓の移植手術により、心臓の疾患を克服して、普通の人と同じ生活を送れるようになりました。そしてその後、巌さまの娘である綾さん夫婦の養子に迎えられて、とても幸せな日々を送らせてもらったんです」

そこで萌波は、説明に一段落がついたように、ふっと肩の力を緩めた。が、すぐに思い直して真剣な表情を再び顔に刻むと、２人には知っておいてもらいたいといった表情で再び話を始めた。

「今に思えば、私がアメリカに渡って３ヶ月でドナーが現れてくれたこと自体、運がいい以上のものがあるように感じています。巌さまに伺っても本当のことは言わないでしょうけれど、おそらく私のために巌さまが使ったお金はとんでもない額だと思います。その後、私を愛情を持って実の娘のように大事に育ててくれたお父さまとお母さまも、２年前の台所の天ぷら油の火の消し忘れによる火災で亡くなってしまいました。その時も私は、自分の中にこんなにもあるのかと思えるほどの涙を流しました」

思い出話をひと通り話し終えた萌波は、ひどく重い仕事を一つ終えたといった顔で、静かにテーブルに視線を落とした。逸徒は、萌波が話してくれた過去の出来事をもう一度頭の中であれこれと整理しながら、北日本総合地所の扉裏で萌波が見せた、普通ならざる状態の彼女のことも同時に思い起こしていた。

………彼女の心があんな風に不安定になることがあるのは、きっと今聞いた彼女の過去に大きな鍵が隠されているからだろう。無理もない。幼少期に父親から受けた虐待は、繊細な萌波さんには苛酷過ぎるほどの体験だったのだろうから………

「萌波さん、私には特別なネットワークがあるんです。もし役に立つのであれば、ぜひ利用してくださいね」

須美が目尻の涙を指で払いながら言った。

「特別なネットワーク………?」

萌波が眉をひそめて須美の単語を反復した。須美の説明では足りない部分を、逸徒が自分の言葉で補った。

「ああ、須美はある意味、特殊能力の持ち主と言ってもいいくらい、誰とでもすぐに仲良くなれる人間なんです。で、それが幸いして、今現在800人を超える相手と繋がってるという訳です。必要な時に情報をくれる須美の知り合いたちは、探偵業でも大いに役に立ってくれているんですよ」

「もう1000人を超えたよ、兄貴」

須美にとって当たり前のことでもあるのか、その言い方はいたって平板だった。萌波が感心したように、澄んだ瞳を細めながら言った。

「仕事上の繋がりを除けば、特定の人たち以外に知り合いなんてほとんどいない私から見たら、とても信じられない話です。須美ちゃんは私にとって、心強い援軍ですね」

「私の仲間を、もうご自分の仲間だと思って、大いに使ってくださいね、萌波さん。ほとんどが気のいい連中ですから」

須美はこれまでの実績がそうさせるのか、自信満々にそんな言葉を口にした。

その後まだ事情を知らない須美に、逸徒と萌波とが交互に、幸福値ゲームに関する細かな説明を、20分という長さで加えることになった。

「記念すべきチーム麦の1回目の作戦会議の最も重要なことは、お互いに親近感を得ることだと思います。萌波さんからご自分に関する話は伺ったから、次は僕たちの番なのでしょうが、僕たちは平凡な家庭で育った特別なことのない人間ですからね。あえて言えば、僕が叔父である庭坂塔麻の探偵業を手伝うことになったいきさつってことでしょうけど……」

すると萌波は、「ええ、その話、ぜひ伺いたいです」と、まるで好奇心一杯の子どものような目をしながら言った。

「ああ、それは、僕の高校でピリカと呼ばれてた女の子を僕が助けたことが発端なんですが……」

「萌波さん、兄のこの出来事はとても興味深い話なんですが、ここで短時間で聞いてもらうことが得策だとは私には思えません。学校でのいろんな人物があれこれと絡んでいて、複雑なんです。またきちんとそのための時間をお取りしますから、その時まで待ってもらえませんか？」

須美の言葉に、萌波は「ええ、そうですね……」と少し残念そうな様子を見せながらも、素直にうなずいた。

「ピリカとのことは、僕の口から萌波さんにもいずれお話しします。いつも一緒にいる僕たち兄妹ですが、他に今のうちに聞いておきたいことはありますか？」

それは萌波の身の上話とのバランスを取るための、形式的な質問と言ってもいいものだったが、意外にも爛々と目を輝かせた萌波の口から、瞬時に次のような言葉がついて出た。

「聞きたいこと、ありますよ。逸徒さんがいつも持ち歩いているカバンの中身についてです」

「カバンの中身………？」

「ええ。あなたがいつも肩から下げている、焦げ茶色のショルダーのことです。探偵さんだと知った時から、そのカバンには一体何が入っているんだろうと、ずっとワクワクしながら考えていたんです。きっと私なんかには想像も付かない、秘密の道具でも入っているんじゃないだろうかと思って」

すると須美が、「プッ」と吹き出した後、「教えてやれよ、兄貴」と、含み笑いをしながら、意味ありげにささやいた。

「え………うん………」

逸徒は頭を掻きながら口から出す言葉をためらっていたが、萌波の自分を見つめる瞳の圧力に抗し切れなくなって、やがて恥ずかしげな様子でポツリと次の言葉を口にした。

「替えのシャツですよ。僕、汗かきなもので」

＊＊＊

【チーム麦】の作戦会議が終わってから約10日間、逸徒と須美は探偵事務所内で、幸福値ゲームの対象になりそうな人物のピックアップに明け暮れていた。この日別の依頼調査のため、他のメンバーはみんな外出中だった。ここまでの作業で、不幸を抱えている人間を数多く見つけ出してはいたものの、このゲームに適合しそうな条件を有している相手は、当初思ってたよりもはるかに少ないというのが、逸徒の実感だった。不幸というくくりは同じであっても、その中身や深刻度は人によってまちまちで、こちらが手を貸すことで、確実に改善が見込めそうな相手ということになると、実はかなり難易度が高いためだ。幸福値の差がそれほど見込めない相手は、幸福値ゲームでの勝ち負けを考えた時、候補者としてエントリーさせること自体がためらわれる。リストアップした人物たちを何度も洗い直して考え込んでいる逸徒を時折り見ながら、ほおづえをついてパソコンの画面を見ていた須美が、ポツリとつぶやいた。

「あれから、彼女の生い立ちを何度も思い返してるよ。うちの兄貴に萌波さんの人生をはたして支え切れるのかなと思いながらね」

幸福値ゲームの対象者探しに頭を取られて、自分と萌波との恋愛話などもうすっかり忘れかけていた逸徒は、このタイミングでそれを持ち出してきた須美に、大きくため息をつきながら、少しなげやり気味に答えた。

「もちろん彼女がどんな生い立ちだろうと、彼女に惹かれている僕の気持ちは変わらない。というよりむしろ彼女のあの優しさは自分が辛い目に遭ってきた者だけが持つ思いやりなんだと、改めてわかったよ。僕がもしも彼女に受け入れてもらえるのならば、僕が持てる能力のすべてを使って彼女を支える用意はあるさ。でも………」

「でも………？」

「おまえが言うこともよくわかるよ、須美。彼女はとても重たい要素で満ちている人物だからね。この僕で彼女の相手が務まるのかなと、彼女の顔を思い浮かべるたびに考えてしまう」

「重たい要素？　北日本総合地所を引き継ぐ立場かもしれないってこと？」

「もちろんそれもあるけど、僕が引っ掛かっているのは、彼女の心の中に潜んでいる闇の部分なんだ」

「心の中に潜んでる闇って、萌波さんの生い立ちに絡む父親とのトラウマのことでしょ？」

「ああ。言葉にすればトラウマかＰＴＳＤってことになるのかもしれないけど………」

須美は少し不満げな表情を顔に浮かべた。

「そんなこと、悩む箇所じゃないでしょ？　トラウマを抱えてる人なんて、この世に五万といるよ。それが相手候補から外す理由になんかならないよ。そんなこと言ったら、本人には罪がないことで傷を受けた萌波さんが可哀想過ぎる。彼女それをちゃんと克服して、あれだけ大きな会社の社長秘書を、現にこなしてるんだから」

だが逸徒はまだ浮かない顔をしていた。須美は、逸徒の中にまだ自分が知らない何かがあるのを感じ取って、逸徒の顔をじっと見つめた。勘の鋭い須美にこれ以上隠しておくのは無理だと悟った逸徒は、先日の萌波と礼子とのやり取りと、それに絡んだ萌波の異常行動とを包み隠さずに話して聞かせた。初めて耳にする萌波の別の顔を聞かされた須美は、しばらく何かを考えるように眉間にしわを寄せながら、何もない空間を凝視していた。

「ああ、あの日ここに来る前にそんなことがあったんだ……」

「もちろん誰にだって、心が不安定になることはある。でも僕があの時見た彼女の様子は、不安定を通り越して、ある意味異常と言ってもいいレベルのものだった。言うなれば、僕がそれまで認識していた彼女とはまったく違う人物がそこにいたと言ってもいいくらいに。もちろん時間にするとほんの数分間のあの絡みだけで彼女の人間性を否定するつもりはないし、いろんな要素をあれこれ持っているのが人間だとわかってはいるけれど、それまで穏やかで優しい彼女の印象しか持っていなかったから、あの一件は僕にとって物凄くインパクトのある出来事だった。だから好きだという気持ちだけで、彼女の闇の部分まで僕が支え切れるものかと、あれからずっと自問自答しているんだ」

「そうか……。幼い頃に虐待された心の傷は一生消えないって言うからね」

「問題は彼女の感極まった際の行動が、他人に危害を加えるような性質のものでなければいいがということだ。ただあの時僕が見た彼女には、これまで感じたことのない他人に対する攻撃性が感じられた。もちろんひどいことをしたのは礼子さんだし、それに過剰反応しただけだとは思うんだけど……」

逸徒は冴えない表情で、虚ろな視線をパソコンの画面上に這わせていた。少しの間沈黙が事務所内で続いたが、やがて重苦しい空気を断ち切るように、須美が明るい声の調子で言った。

「ここらでお互いが洗い出した、対象者に関する収穫を披露し合おうよ、兄貴。私はネットワークを駆使して、ここまでで、もうとんでもない数の人たちとやり取りしてきたからね。結果、寄せられた情報量もかなりのもんだ。有望なものとしては、そうだな……

就職してたＩＴ企業が倒産してホームレスになった天才エンジニアとか、蒸気機関車の復活に賭けてる不遇なＪＲマンとか、画材を買う金にも困ってる、才能溢れる芸術家の卵とかかな。もちろん経済的に苦しんでる零細企業の社長なんかは掃いて捨てるほどいる。兄貴のほうは？」

「ああ、萌波さんの話から、彼女の境遇に似たような子がいないかと思って探したよ。具体的には、ここから行ける距離の市町村を念頭に、範囲を広げてかなり広域で家庭環境に恵まれない子どもが入所している児童養護施設をしらみ潰しに当たってみた。すると１人だけいたんだ。まるで昔の萌波さんのような立場に置かれている子が」

「どんな子、どんな子……」

勢い込んで逸徒の顔を覗き込む須美を一瞥した後、逸徒は次のように言った。

「萌波さん、今何してるかな……。ここから先は萌波さんも交えて話したほうが早くないか？　おまえも北日本総合地所に行ってみたいだろ？」

「でも萌波さんて、あの大会社の社長秘書さんなんでしょ？　いきなりアポなしでは、さすがに無理なんじゃ……」

「だろうね。でも彼女の体が空いてなくても、須美にも一度ちゃんと、北日本総合地所とその中にある【チーム麦】の作戦ルームの場所を教えておきたいしね」

「勝手に行っても大丈夫なの？」

「うん、僕には【チーム麦】の作戦ルームに自由に出入りできる権限が与えられてるからね」

「ああ、それなら私も行ってみたい」

「事務所に掛かってきた電話を、スマホに転送する処置忘れるなよ」

「わかってるって」

その後、『ご用があるお客様はこちらにお電話ください』の札を入口の扉に掛けた2人は、急ぎ足で国道を歩き始めた。


2人が北日本総合地所のビルに着いて、3階にある事務所の扉を開くと、その内部では20人以上のスタッフが忙しく働いていた。逸徒の姿を認め、面識のない受け付け役の女性が、「いらっしゃいませ。ご用件を」と訊いてきたので、萌波さんにお会いできないかと尋ねると、「今日は代表と一緒に外出しております」との答えだった。仕方がないので2人は事務所を出て、エレベーターに乗り、6階にある【チーム麦】の作戦ルームへと向かった。

「この部屋がどうしてわかったの?」

「ああ、実は数日前、須美がいない時に、榊さんから呼び出しを受けたんだ。あの丁寧な調子で『ここをお使いください。【チーム麦】の作戦ルームです』と言われたよ。余計なことはもともと一切言わない人だけど、そう言ったきり、頭を下げて立ち去ってしまった。ふふ、あの人は僕らの相手方チームの【チームまお】所属だから、なおさら余計な口をきかないほうがいいと思ったんだろうが、それにしても無味乾燥な人だよね」

2人が扉を開けて中に入ると、無人だと思われた室内には驚くことに先客がいた。テーブルに手を置いて椅子からこちらを見た人物は、スーツ姿の凜だった。

「あれ、凜さん。どうしてここに?」

「事務所の窓からこちらに来る逸徒さんが見えたので、私だけ事務所を抜けて先回りしてこちらに来たんです。お話ししたいことがあったもので……」

そう言うと、きびきびとした仕草で隣の椅子に置いておいたビジネスバッグから薄ビニールに包まれた書類らしきものを取り出した。

「あ、紹介しときますね。こちらは妹の須美で、【チーム麦】のメンバーです」

須美がペコリと頭を下げると、凜も一瞬笑顔で頭を下げた。が、すぐに本来の作業に戻ると、これもやはりカバンから取り出した薄ピンクの手袋を身に着け始めた。逸徒と須美はそんな凜の一連の作業を不思議そうな目で見守りながら、自分たちも凜の向かいの椅子に腰を下ろした。

「この手紙がうちに届いたのは、昨日の午後です。私が受け取って、差出人の名前を見た時、これが普通のものではないと気づきました。だって、ほら……………」

そう言うと、凜はビニールをほどいて中から一通の封筒を取り出して、2人に見せた。封筒は何のへんてつもない普通に市販されているもので、裏の差出人の部分にはパソコンの文字で「北須賀綾」とあった。封筒の表にはやはりパソコンで、凜の住所と名前が印字されていた。

「北須賀綾？」

「2年前に火災で亡くなった、おじさまの一人娘です。萌波ちゃんの育ての親ですね」

逸徒と須美は奇異な目をして顔を見合わせた。死者が手紙を出すことなど当然ながらありえない話だからだ。凜はそんな2人には目もくれずに、次に慎重な手つきで封筒から中身を取り出した。その時、ほんのわずかながら、香水の香りがした。爽やかな中に花の甘さが漂う、特徴的な香りだ。

「香りがしますね」

須美がすぐに言葉にした。凜は小さくうなずくと、「グリーンフローラルです」と言った。そして慎重な様子で便箋を広げた。そこにはやはりパソコンの文字で次のように書かれていた。


「幸福値ゲームの参加者に死の制裁を」


「な、なんですか、これは」

「物騒な手紙だな」

逸徒と須美が驚きの声を上げる中、凜は冷静な顔つきで、さらに淡々と説明を加えた。

「この封筒を受け取った時点で、私は封筒の外側を手で触ってしまっていますが、中身の便箋は今と同じように手袋をしてから触りました。ひょっとすると差出人の指紋が残されているかもしれないと思ったからです」

「それは賢明な処置ですね。それにしてもこれを出した差出人の意図は何だろう。単なるイタズラだろうか」

「私にもわかりません。でも何だか凄く不気味に思えて……。大体、幸福値ゲームという呼び方をしている時点で、この事情を知っている者でしかありえませんし、そもそも私の家の住所は限られた人しか知らないはずです」

「これを警察に届け出るおつもりですか?」

するとは眉間にしわを寄せて、どうすべきかを考えあぐねている表情をしながら、次のように言った。

「まだ何か具体的な被害が出ている訳ではないですからね。ただ指紋を調べてほしいとは思っているんです。こんなタチの悪いイタズラをするのが誰なのかくらいは知っておきたいですから」

「ああ、それならうちの探偵事務所で調査可能ですよ。うちのスタッフの石田はもと警察の鑑識官で、鑑識の神と呼ばれていた人物ですからね」

「まぁ、それは頼もしいわ。ではこの手紙は逸徒さんに預かっていてもいいですか? もしその石田さんが調べてくださることで、差出人が誰かさえわかれば、私はそれ以上を望むものではありません。だからその時は警察に行くことは不要です」

凜はようやく肩の荷が下りたといった表情でにっこりと笑うと、２人に挨拶をして出ていった。

「どう思う？」

須美の問いかけに、逸徒は眉間にしわを寄せながら、首を横に振った。

「とりあえずこの手紙は石田さんに預けて、この件は石田さんと所長以外には、今のところ秘密にしておこう」

逸徒は自分の指紋が残らないように気を遣いながら、凜が包んでいたビニール袋の中に再び封筒を入れると、背広の内ポケットにそれを納めた。

凜の件が落ち着いて、ようやく須美は部屋の中を見回す余裕ができた。萌波と逸徒にあてがわれた【チーム麦】の作戦ルームは、壁側に目の高さほどのスチール棚が置いてあるだけで、後はテーブル１つにパイプ椅子４つの、いたってシンプルな部屋だった。

須美は肩から下げていたポーチから、小さな茶色の熊のぬいぐるみを取り出すと、テーブルの真ん中にちょこんと置いた。

「あれ、いつの間に用意したんだ」

「わざわざ来るのに、今日みたいに萌波さんに会えないんじゃ意味がないと思ってね。

たぁくんに会いに来ると思えば、がっかりもしないし」

「たぁくん？」

「この熊ちゃんの名前だよ」

「ふ〜ん。じゃ萌波さんと僕と須美とで、【チーム麦】のアプリでのグループを作った際のサムネはこのたぁくんの写メにしよう」

逸徒はスマホで熊のぬいぐるみを撮ると、グループを立ち上げるための操作を始めた。

須美はメモ帳を取り出して、「コーヒーカップ、ポット、ティッシュ、ちょっとしたお菓子、ペットボトルのお茶、湯呑み…………」と、この部屋に必要なものを箇条書きにし始めた。

「今日のところはこんなところかな？　とりあえず事務所に戻るか」

「まぁ、何かあっても歩いて10分くらいだし、確かにここだと気軽に来れるね」

2人が北日本総合地所の建物から出て数歩歩いたところで、「逸徒さん、須美ちゃん」と、後ろから聞き覚えのある声が響いてきた。振り向くと萌波が笑顔を見せながら駆けてきて、2人に追いついたところで、荒い息遣いをしながら立ち止まった。

「ああよかった。帰る前にお会いできて。ちょうど今、巌さまと戻ったところなんです」

「わぁ嬉しい。なま萌波さんだ」

須美が萌波の両手を取って、大袈裟に上下に振った。萌波は少し照れたような顔をしながら、いつもの柔和な笑みを浮かべた。今日の萌波は春らしい若草色のドレス調の服を着ていた。

「どうなさいますか？　私と一緒に作戦ルームに戻っていただけますか？」

「ええ、そうさせてもらえれば嬉しいです。ここまで僕と須美が調べた、幸福値ゲームの対象候補者を萌波さんにも見てもらいたいと思っていたもので」

そして逸徒と須美は、萌波とともに再びエレベーターに乗って6階へと向かった。2人に続いて作戦ルームに入った萌波は、テーブルの真ん中にちょこんと乗せられた熊のぬいぐるみを見つけて、柔らかな表情で目を細めた。それからの2時間、3人は真剣な眼差しで、幸福値ゲームについての話し合いを続けた。


「兄貴、ひょっとして気づいてたか？」

帰り道を須美の歩調など気にしないで大股で進む逸徒を不満げに見ながら、須美が懸命に足をこまめに運びながら言った。

「ああ」

少しぶっきらぼう気味に逸徒が答えた。

「何だ、やっぱり知ってたのか………。そりゃそうだよな。大好きな相手の香りだもんな」

「封筒を開けた瞬間にね。凜さんがグリーンフローラルだと言ったあの香りは甘くて華やかだが、かなり特徴的ではある」

「私は封筒を開けた時はわからなかったよ。私が気づいたのは、萌波さんに声をかけられて、彼女の手を取って上下に振った時だ………。グリーンフローラルか……。それにしてもよく凜さんは香りの名前がすぐにわかるね。あれがグリーンフローラルの香りだって答えられる人なんて、ほとんどいないよ」

逸徒はそこで苦い顔つきをしながら、ポツリと言った。

「これはおそらくだけれど、凜さんはあれが萌波さんがいつも使っている香水の香りだと気づいてるんだと思う。萌波さんが使っている香水なら、凜さんがその名前を知っていてもおかしくない」

「なら、そう言えばいいのに………。萌波さんへの配慮ってやつか」

それから2人はしばらく無言で歩いていた。が、信号待ちの交差点で須美がポツリと言った。

「萌波さん、なぜあんな手紙出したんだろ」

すると逸徒が、須美を鋭い目つきで見ると、間髪を入れずに答えた。

「いや、まだ萌波さんがあれを出したと決まった訳じゃない。この時点で決め付けるのは時期尚早だよ、須美」

険しい表情を緩めないまま、自分の中で答えを探し続けているらしい逸徒の様子に、須美もそれ以上の詮索はしなかった。逸徒の内部に吹き荒れている巨大な渦巻きの中心に、萌波という娘が、台風の目として存在していることだけは、須美にも痛いほどよくわかった。答えに行き着かないままで、まるで振り子のように行ったり来たりを繰り返す逸徒の心の様は、静まり返った池の真ん中に放り込まれた一粒の小石によって、そこから徐々に直径を広げながら池中に伝播していく波紋のようでもあった。

「わしに直に話があると聞いたが？」

北日本総合地所にある部屋の中でも、最も巌に似つかわしくないと思える、地下にあるボイラー室の簡素な丸椅子2つに腰を下ろした逸徒と巌は、狭い室内のおかげでお互いの膝が付きそうな距離で向かい合って座っていた。

「社長室では駄目だというからここになったが、この狭さを恨むなら、自分の言葉を恨めよ」

イタズラっぽい言い方で、巌はそう言った。逸徒は小さく首を左右に振ると、

「ここで十分ですよ、永森社長。社長室には当然ながら萌波さんが出入りしてますからね。今日の話は彼女だけじゃなく、他の誰にも聞かれたくない中身なものですから」

「この部屋を開けるのは、ひと月に一度の業者しかいないよ。で、用事というのは何だ

ね?」

「これを見ていただけますか?」

そう言うと逸徒は懐からゴム手袋と、凜から預かったビニール袋に入った封筒を取り出した。逸徒はゴム手袋をはめてから、慎重にビニール袋から封筒とその中身を取り出した。まだかすかな香水の香りは残っていたが、巌がそれに気づいたかは、その表情からだけではよくわからなかった。

「これは凜さんの宮川家に、数日前に届いた手紙です。宛名は礼子さんではなく、凜さんです。パソコンの文字で書かれてますから、筆跡を見ることはできません。簡単な文面ですから読み上げますね」

巌が険しい顔でうなずくのを見て、逸徒は便箋の中身を読んだ。

「幸福値ゲームの参加者に死の制裁を」

「うむ。その文面ならすでに知っておる。わしに届いたのとまったく同じだからな」

そう言うと巌は、懐からまったく同じ封筒を取り出した。

「えっ、何だ。そうだったんですか……」

「萌波くんにも同じものが届いたらしいよ。つまりわしが知る限り届いた手紙は合計で

3通だ。勝手に綾の名前を使いおって、不届き極まりないわ」

「社長はこの手紙の差出人に、お心当たりはありませんか？」

「いいや、皆目見当がつかん。でも幸福値ゲームという呼び名を知ってるということは、会議室でわしの話を聞いていたうちの誰かということになるんだろうな」

「ええ、たぶん。もしくは出席者から話を聞いた、その出席者にごく近しい間柄の人物かもしれません」

「警察には届けたかね？」

巌が鋭い目つきで逸徒に尋ねたが、逸徒が、「いいえ」と答えたのを聞いて、「それでよい」と言って、にっこりと笑った。

「ただ僕たちとしては、誰が書いたかの特定だけはしておきたいんです。実はこの便箋には、差出人のものと思える指紋が残されていました。うちのスタッフの石田が検出して、すでにその指紋を大切に保管してあります。で、ここからはお願いになるんですが、可能であれば、先日の会議室に出席していた方たちの指紋をひと通り取らせていただきたいのです。永森社長からのお願いならば、どの出席者も断ることはできないでしょうから」

逸徒の話を聞いてしばらく考えていた巌だったが、やがて次のように言った。

「外部の者……例えば弁護士や会計士の先生方にそれを頼むのはまずいから除くとして、あの時出席していたうちの社員やわしの遠縁に、詳しい経緯を言わないまま頼むことは可能だろう。それでどうだね？」

「ああ、それで十分です。もし調べた人の中に、手紙の指紋と一致した人物がいなかった場合は、その時点でまた考えればいいことですから。ではこの先の実際の手順は、専門である石田が明日にでも伺って、進めさせていただきます」

「いいだろう。しっかりとやってくれ。結果がわかったら、わしにも報告してくれよ」

「もちろんです。ついては社長に届いたその封筒も僕に預けていただけますか？　そちらからの指紋も採取したいもので」

「うむ。ただわしは中の便箋もべたべたと触っておるよ。萌波くんに至っては、すでに捨ててしまったと言っているし」

「え、捨ててしまった⁉」

逸徒は思わず大きな声を上げた。

「ああ。綾の名前を語った卑劣なやり方に気分を害したのだろう。無理もないとわしは思う」

「萌波さんがもらったという手紙を、永森社長は直接ご覧になられましたか？」

「いいや」

「ということは、手紙をもらったというのは、あくまでも萌波さんの話だけということですか……？」

「ああ、そうだが、それが何か問題かね？」

逸徒は浮かない顔をして床の一点を見つめ、何かを考える素振りを見せた。話がこれで終わりだと思った巌は、一旦腰を浮かしかけた。が、何かを言い淀んでいる様子の逸徒に気づいて、浮かした腰をもう一度丸椅子に沈めた。

「まだ何かあるのかね？」

「ええ、その……」

ここまで歯切れよく話していたのとは明らかに違う逸徒の様子に、巌は怪訝そうに逸徒を見た。逸徒は続きを話すのを躊躇しているような仕草を2度ほど見せた後、ようやく意を決したように次のような言葉を口にした。

「永森社長、萌波さんのことなんですが……」

逸徒の声は、口の中から重いものでも取り出すような具合だった。

「永森社長の中にいる萌波さんという人の認識について教えていただけませんか？」

するといっ瞬呆気に取られたような顔をした巌だったが、すぐににっこりと笑うと次のように言った。

「萌波はとてもいい子だ。だが少し変わったところがある。それを君がわかってくれればいいとわしは心から願っている」

「その変わったところの具体的な中身を教えていただけませんか？」

「あの子は幼い頃、新しい父親からの暴力を受けて育った。わしが見るに、その時に刻まれた心の傷がまだ完全には癒えていないのだろう。わしの面倒を見てくれているお手伝いの今田さんが休みを取る週に2日、優しいあの子はわしの家に泊まってわしと寝食をともにしてくれているからわかるのだが、夜中にたまに夢にうなされている。それと意識が混濁するのか、たまに意味のわからないことを言ったりもする」

「意味のわからないこと？」

「ああ、でもそれは大抵他愛もないことだ。例えば早く港に行かなければ、私を置いて船が出ていってしまうだとか、早く助けに行かないと目の青い妹がひどい目に遭わされるとかいった類いの、現実的には根拠のない話だ。最初にそれを聞いたのは、彼女が週に2日わしの面倒を見ることになって初めてわしの家に泊まりに来た、もう7、8年も前のことになる。それまで彼女はずっとわしとは別世帯である綾の家で暮らしてきたから、わしにはそれを知る機会がなかった。萌波くんの口からいきなり飛び出したその言葉の中身を初めて耳にした時にはわしもかなり驚いたよ。夕食を食べている時にいきなりそんな突拍子もない話をし出したからな。彼女の話を真に受けて、どこの港のことを言っているのか、妹がどこにいるのかを実際に調べたりもした。が、本当のところそんな港はないし、目の青い妹がいたという事実もないことがわかった。その時以外にも、中身はもう忘れてしまったが、時々彼女はそういった類いの話をした。それはあの子が作った夕食をわしと一緒に食べている時もあれば、わしの隣のベッドで横になっている時もあった。日中の仕事場では、不思議なことにその症状は出ない。きっと気を張っている時はそれが鳴りを潜めるのだろう。だが一旦その状態に陥ると、彼女はどこか遠くを見るような独特の目つきになって、いつもの彼女の話し方とは違う感じで、何者かが乗り移ったような様子でその言葉を口にする。彼女を養子として引き取り育てていた綾にもこのことを訊いてみたが、綾もこのことはもちろんよく知っていた。どうやら強迫観念にとらわれた内容の話が多いらしく、それはおそらく、父親からの暴力から逃れたい一心で彼女の心が作り出した幻影を、今も引きずっているせいだろうと綾は言っていた」

「ああ、そうだったんですね……」

「ただ綾はこんな話もしていた。『いずれお父様には、ドゥマンとイエールのことも話さなければいけませんね』と」

「ドゥマンとイエール？」

「ああ。だがその後、そのことについての詳しい話を聞くこともないまま、綾たち夫婦は亡くなってしまった。今となっては、それが何を指すのかはまったくもってよくわからない」

「ひょっとしてそれは、萌波さんの中に住む別の人格の名前でしょうか？」

するとそこで巌は、逸徒の顔に真正面で向き合うと、強い口調で言った。

「わしは萌波くんを、多重人格者などという、まるでバケモノのような呼称で呼ぶことは決して許さない。繊細なあの子が父親からの虐待に耐え兼ねて、緊急避難的に自分の中に違う自分を作ったとしても、それは不可抗力な事情で、俗に言う精神異常者とはまったくの別物だと思うからだ。あの子がもし、違った自分に自分で名前を付けて、自分とは切り離して考えていたとしても、わしには可哀想にな、という言葉しかない」

巌の話を聞きながら、逸徒はいつかの常軌を逸した彼女の様子を思い出していた。やはりあの時自分が見た彼女の言動は、巌のみならず、周りの大人が等しく知っている症状だったのだと。

「あの子はとても繊細で、壊れやすいほど優しい子だ。でも誤解するんじゃないよ、逸徒くん。彼女は自分に害をもたらそうとする相手に対して、時に攻撃的になることもあるが、それはあくまでも彼女が身の危険を本能的に感じた時だけだ。あの子が訳もなく他人に攻撃性を発揮することはない。わしはそのことを強く君に言っておくよ」

そこまでを言うと巌は、目を細めて何かを思い出しているかのような仕草を見せた。そして遠い目をしながら、この日一番の柔らかい表情で言った。

「さっきまで激しく降っていたな……。強い雨音を聞くと、今でもあの映像を思い出すよ。わしのことをにわか成金だと知った慈善団体が、恵まれない子どもへの寄付金を無心に訪れた時に見せられたビデオのことだ。もう20年も前になるか。それはそれはひどい雨の日に、とある児童養護施設の玄関先でずっと泣いている女の子の映像だった。聞けば、いつまでも会いに来てくれない母親を待って、毎日のように泣いているのだという。しかもその子には先天的な心臓の欠陥があって、長く生きられないのが決まっているのだと。どうかこの可哀想な子のために、寄付金をもらえないかと言ってきた」

「その子って、もしかして……」

「ああ、そうだ。だがその慈善団体がいたっていかがわしいやつらなのをわしはよく知っていた。わしは慣れた断りの言葉で、まったく相手にせずに追い返した。そしてその話はそこで終わりのはずだった。だが日を追うごとに、その女の子の映像が繰り返しわしの頭に浮かんできたのだ。まったく罪作りな連中だよ。可哀想な子を見せ付けて、出させた金の大部分を懐に入れようと画策しているタチの悪い犯罪者たちだ。だがやつらのことはともあれ、その子がどうなのかはまた別の話だ」

巌はさらに厳しい顔つきをしながら、次のように言った。

「萌波に行き着くまでに、わしはかなりの労力を費やしたよ。かつて借金のかたに、ランドセルを取り上げてしまった女の子の面影を、萌波の中にわしは見ていたのかもしれない。そうでなければ、あれだけのエネルギーを費やし、血まなこになって探した、わし自身の行動の説明がつかない……。だがその子に行き着いてみて、わしはようやく理解した。ああ、これはわしの人生における必然だったのだと。あの子はわしのもとに来るために生まれてきた存在だったのだとな」

そこで一瞬優しい目つきになった顔を、また険しいものに変えて、巌はボイラー室の扉に手を掛けた。


それから10日ほど経った、雨の日の夕刻、仕事帰りの逸徒と須美の姿は、とある高層マンションの上層階にあった。

「お邪魔します、所長」

「ちぃ〜っす」

めったに誘われない塔麻の自宅に恐る恐る足を踏み入れた逸徒と須美は、見事に片付けられて小綺麗に整えられた室内を、感心したような顔つきでぐるりと見回した。

「プライベートの酒飲みに誘ってるんだから、所長という呼び方は味気ないな、おまえたち。ここでは塔麻ちゃんとでも呼んでくれたまえ」

「ぷっ。還暦間近のいい年回りの親父に、塔麻ちゃんはないですよ、所長。そう呼ばれたかったら、タイムマシンに乗って30歳くらい若返ってください。どこかの猫型ロボットにでも頼んで」

「相変わらず口が悪いな、須美は。ほら、そちらのソファーに座りながら、３人で飲もうか」

塔麻宅のリビングルームは吹き抜けの20畳ほどの部屋で、間接照明に照らされた、洒落た中にも落ち着いた雰囲気の空間だった。アンティーク調なハンギングプレートやブリキのお飾り、いたるところに置かれたヨーロッパの家の置き物やステンドグラスの照明など、一人やもめの塔麻の趣味が凝縮されたような場所だ。

「そういや、梨理庵はどこです？　いるんでしょ？　前に見せてもらった文鳥がどこかに………」

須美がきょときょとと視線をあちこちに這わせて、観察を始めた。

「ああ、そこに置かれたガラス箱の中にいるよ。今日はニシキヘビに擬態しているな」

「ニ、ニシキヘビ⁉」

逸徒と須美が大きな声を上げて塔麻の指差す方向を見ると、金魚用の少し大きめな水槽の中に寝そべっている、長さ30㎝くらいのまだら模様のヘビの姿を確認することができた。驚きながら普段目にする機会のない爬虫類を見開いた目で眺め始めた２人だったが、大きな声を聞き付けて、奥のキッチンエリアから２人の人物が、リビングに慌てたように駆け込んできた。

「何かありましたか?」

イベントコンパニオン調の、少し派手目で胸もとが強調されたコスチュームを着た30代半ばくらいの綺麗な女性が言った。もう1人は60歳くらいの地味目な普段着の女性で、手にはトマト系のパスタの大皿があった。

「ああ、いや。この子たちがヘビを見て驚いただけですよ。でもちょうどいい。今ここで紹介しておこう。こちらは今日給仕をしてくれる山本さんと、お料理を作ってくれる今田さんだ。こちらは甥の逸徒と姪の須美です。今日は楽しい時間をよろしくね、みなさん」

「えっ、僕たち3人のためにわざわざコンパニオンを頼んだんですか? 所長」

「ああ、もちろんだとも。と言いたいところだが、山本さんは俺の古くからの知り合いで、ただ一緒に飲むために呼んだだけだよ。コンパニオンと見間違うくらい華やかだが、こう見えてもなんと俺と10歳しか年が離れていないんだ」

「えっ……。つまり美魔女さんてことですか?」

「パランちゃんは私がスナックやってた頃からのお得意様なのよ。今は水商売は辞めて、カタギさん相手のお店をやってるけどね」

　山本と呼ばれた女性が、しっとりと落ち着いた艶のある声で言った。

「パランちゃん⁉」

「ああ、俺のことだよ。フランス語で『親』という意味だそうだ。ただ今日は俺の話はいい。それより、もう1人のこちらは今田さんだ。逸徒、おまえ誰かから聞いていないか？　今田さんのこと」

「えっと、そのお名前は確かどこかで……。あ、ひょっとして、永森社長の家で食事を週のうち5日作ってるという方ですか？」

「ああそうだ。でも食事だけじゃなく、生活全般の世話をしている人だ。今日は永森社長の食事作りがお休みの火曜日なので、ぜひにと無理を言って、今日の飲み会のお料理を作ってもらうことにしたという訳だ」

　今田は逸徒と須美に控えめな様子で小さくお辞儀をすると、手にしている大皿をテーブルに置いた。

「わぁ、美味しそうですね」

　テーブルにはすでに、今田が運んだとおぼしき料理の数々が並べられていて、できたての湯気を吐き出していた。

「ここにあるのは油淋鶏《ユーリンチー》。鶏の唐揚げのネギソース掛けです。こちらはトンポーロー。他にもいろいろと作ってみました。みなさんのお口に合うといいのですが……」

「今田さんは中華が得意らしいけど、永森社長に聞いたら、中華以外の何を作らせても美味いらしいよ」

「いえ、普通に作り方を知ってるというだけです」

今田はあまり表情を変えない、いかにも裏方の人という印象の人物だった。

「もうすでに、今田さんにはいろいろ作ってもらってる」

塔麻の目線を追って、逸徒が2台並べられたテーブルを見ると、茄子の炒め物や、エビチリや、春巻きや、スペアリブや青椒肉絲《チンジャオロース》といったお料理の数々が、台上にところ狭しと並べられていた。

「うわぁ、私たちでこんなに食べ切れるかなぁ」

「庭坂さん、一応これでお料理は全部なんですが………。デザートの果物類やシャーベットは、食後に山本さんに運んでもらいますので、できれば私はこの辺で……」

今田がおずおずといった様子で、塔麻の顔を見た。

「ああ、ありがとうございます、今田さん。とても助かりました。これでお帰りいただいて結構なんですが、せっかくだからいくつか萌波さんに絡んだ話を教えていただけませんか？」

「あ、はい」

「今田さんは普段、萌波さんとお話しする機会はおありなんですか？」

「萌波さん……って、北須賀さんのことですね？　社長さんの秘書さんの。ええ、もちろんありますよ。というか、わりと頻繁にお話ししています。主には電話ですけど」

「どんなことを話されるんですか？」

「もっぱら社長さんの食事に関することです。私がお休みをいただく火曜と土曜は、北須賀さんが社長さんのお食事を作ってらっしゃるので。私がこんなことを言うのは僭越ですが、北須賀さんはとても思いやりのある方で、私が作ったお料理と被らないようにと、いつも細心の注意を払っている様子です」

「彼女のお料理の腕前は、ベテランの今田さんから見て、どれくらいのものなんでしょうか？」

「私は直接彼女のお料理をいただく機会がないので、本当のところはよくわかりません。

でも社長さんは、私が作る料理と遜色がないと言っておられます。結構研究熱心な方でもありますからね。私もたまにお料理のことで質問されたりします」

「さすが、萌波さん……」

そこで須美が感心したような声を上げた。今田の、「とても思いやりのある」という部分を聞いた逸徒は、我が意を得たりといった顔で、「だよな」と小さくつぶやいた。

「ただ……」

そこで、今田は何かを口ごもった。

「ただ、何ですか？」

「ええ……。これは社長さんから聞いた話なんですが、北須賀さんは時々、普段作るものとはまるでかけ離れたお料理を作られる時があるそうです」

「まるでかけ離れた料理？」

3人が同時に声を上げた。

「それは一体、どんなものです？」

「北須賀さんが普段お作りになるのは、和食にしても中華にしてもパスタやカレーにしても、社長さんを気遣ってか、いたって優しい味付けのお料理ばかりなのですが、たまに鶏足の激辛炒めとか、激辛のチリビーンズとか、同じ人間が作ったとはとても思えない辛口料理が出てくるそうなのです」

「辛口料理⁉︎」

「永森社長の好みに合わせているのでは？」

「いいえ、社長さんはあまり辛いものを好まれません。それを知っていながら、あの北須賀さんがそれを作るのがまず不思議であることと、前日私にはクリームパスタを作ると言っていたのに、激辛の麻婆豆腐を作った日もあります」

「確かにそれは妙ですね……」

「社長さんは、北須賀さんの中に住むもう一人の北須賀さんが顔を出すからだと言っておられました」

その話を聞いて、３人は絶句した。やや間があってから逸徒が、喉の奥から捻り出すように、さらなる問いかけの言葉を口にした。

「それは頻繁にあることなんですか……？」

「いいえいいえ、違います。めったにあることではありません。これまでに数度といった感じです」

簡単な挨拶をして、今田は帰宅していった。すっかり考え込んでいる様子の逸徒の肩を叩いて、塔麻が言った。

「さぁ、飲むとしようよ、逸徒。山本さん、お酒の準備をお願いします」

「了解よ、パランちゃん。ではカクテルもいくつか適当に作るので、自由にグラスを取って好きに飲んでくださいね、みなさん」

「わぁ、最高だな。兄貴、ほらほら、酒だ、酒」

待ち切れないとばかりに、須美がテーブルに乗っていたオレンジ系のカクテルのグラスを手に取り、パーティーは始まった。今田の料理はそのどれもがバランスが取れた絶妙な味付けで、箸を進めるごとに、山本を加えた4人はその際立った美味しさに思わず感嘆の声を上げた。塔麻の部屋だという気楽さもあり、塔麻と逸徒はビールとロックのブランデーを、須美はカクテルや白ワインをいつもの倍のペースで飲んでいたが、4人が箸を忙しく動かしても、ボリュームのある皿の上の料理はなかなか減らなかった。

「このクオリティーに匹敵するものを作るっていう萌波さんは、普通に凄いよね」

須美がそう言うと、もうかなり酔いが回った塔麻が、

「そうだそうだ。10回に1回だけ鼻を摘まんで、激辛に耐えればいいだけだ、逸徒」

と、悪乗りの冗談を言った。逸徒は相変わらず渋い表情をしながら、何かを考え込んでいた。山本もいたって楽しげに一緒にカクテルを飲んでいたものの、その物腰は思いの他控えめで、自分から話題を振ることも、３人の会話に入ってくることもなかった。

「そういや、手紙のことなんだけど……」

ポツリと言った逸徒の話に、塔麻は今までの表情とは違う眼差しで逸徒を見た。

「あれからずっと考えているんだ。あの手紙を出した人間の心の内側には一体何があるのだろうって……」

すると塔麻は、今まで手にしていたブランデーのグラスをテーブルの余白に静かに置いた。

「うん、それはとても大事な点だ。あの手紙は軽いイタズラではなく、やはり何らかの意図があると俺は思う。今回我々が永森社長から依頼されたのは、幸福値ゲームのお手伝いであって手紙の謎解きではないが、だからといって今回のことは看過できない。手紙を分析して答えを導くのも、我々探偵としての役割だと俺は思っている」

「何ていう文章だったっけ？」

須美の問いかけに、逸徒が瞬時に答えた。

「幸福値ゲームの参加者に死の制裁を」

「死の制裁………か。犯行予告のようにも聞こえるね。まるで幸福値ゲームを止めない限り、俺が命を奪うぞ、みたいな」

「大体参加者って、誰のことだろうな。【チーム麦】や【チームまお】のメンバーなのか、その対象に選ばれた者たちなのか」

「両方なんじゃない」

「ということは、僕たちも含まれるって訳か」

「知らないうちに命を狙われてるのかもね」

須美は冗談めかしてそう言ったが、その言葉の裏には、３人ともが感じている、そこはかとない薄気味の悪さが含まれていた。

「だが脅迫というには、表現が弱いようにも思われる。はっきりと、幸福値ゲームを止めないと殺すと言ってる訳でもない。仮に差出人がわかっても、これだけでは犯罪としては成り立たない」

「これを書いた人間は、本当に幸福値ゲームを止めさせようと思って書いたんだろうか？」

「その通りだ、逸徒。まさにこの手紙の意味はそこにある。この手紙を受け取ったからといって、その者たちがゲームを止めるとは思えない。犯人だって、それくらいはわかっているはずだ」

「ならなぜこんな手紙を出す必要が…………」

「自分の存在を……もしくは自分の気持ちを誇示する必要があったためかもしれない」

塔麻はそこでふっと息を一つ吐くと、眉毛を大きく持ち上げた。その時何かを思い付いたらしい須美が、唐揚げが乗った取り皿をテーブルに置いて、真顔で塔麻に尋ねた。

「所長、そういや確か3日前に関係者10数人の指紋採取は終わってるんですよね？」

「ああ」

「そうだ、その結果をまだ聞いていなかった。もう結果は出てるんですか？　所長」

逸徒が怖い顔をしながら、勢い込んで尋ねた。

「ああ。石田がそれをもとに精査した結果は、もう出ている」

「だ、誰だったんです？　その結果……」

逸徒の強い目つきの問いかけに、それを落ち着かせようとする意図があるのか、塔麻はわざとゆっくりと間を空けながら言った。

「確かに指紋を取った12人の中に、手紙の指紋と一致した人物がいた。が、それはおまえが薄々予想していた人物だよ」

「えっ、予想していたとは……」

「北須賀萌波だよ」

それを聞いた逸徒は大きく目を見開くと、床の一点を凝視して、ぎゅっと唇を噛んだ。

「他の人の指紋は出なかったの?」

須美が身を乗り出して尋ねると、塔麻はうなずいて次のように言った。

「封筒からは、当たり前だが自分でも触ったと言っていた凜の指紋が出た。中身の便箋からは、萌波の指紋が出た。便箋に残されていた指紋は、彼女のものだけだ。永森社長からの便箋からも同様だ。わずかだが萌波の指紋と、本人がベタベタ触ったと言っていた永森社長のものが出た」

「つまり、手紙の差出人は萌波さん……」

「普通に考えれば、そういうことになるな」

逸徒は、怖い目つきで引き続きテーブルの一点を凝視していた。

「それでもまだ僕は彼女を信じたい……。でももし彼女があの手紙の主だというのなら、なぜそんなことをする必要があったんだろう。自分の存在や気持ちの誇示だなんて、今さらそんなことをする意味がまったくわからない……」

「本当の理由は俺にもよくわからないが、別人格の彼女が書いたものの可能性は確かにある。もしそうであるなら、普段の萌波に訊いても、自分がやったという自覚はないのかもしれない」

「それは……そうですね」

逸徒は苦虫を噛み潰したような顔で、小さくうなずいた。

「関係者12人を会議室に集めて、石田が指紋採取した時には俺も立ち会ったよ。そしてその際に俺は一人一人の表情を細かく観察していた。もちろん萌波のこともな」

「彼女、どんな様子でしたか?」

「手紙の指紋を調べるためだって、気づいてたはずだよね、萌波さん」

「さぁ、それはよくわからないが、俺が見たところ、萌波の表情はいたって穏やかだった。それは会議室に入ってくる時から出ていく時までまったくと言っていいほど一貫していた。まるで自分には何のやましいこともないから、どうぞご自由にといった体だった」

「やはり、もう一人の彼女の仕業なのか……」

重苦しい空気がその場を支配した。やがて塔麻が逸徒の顔を見ながら言った。

「俺はな、逸徒。おまえが持つ、本質的に人を見抜く能力を、おまえが思ってる以上に買っているんだよ」

そしてテーブルに置いていたブランデーのグラスを再び手に取ると、どこか遠くを見るような目で話を続けた。

「この話に関しては、いつぞやの犯人探しを思い出すよ。空き巣に入ったのが隣の広場にいた人間たちの中の誰かという状況に出くわして、警官もいる中で8人横に並んでもらった場面で、逸徒は右から3番目の男が犯人だと言った。嘘を言っているのが明らかに彼だからと。だが俺には、逸徒が指摘したことの意味がまったくわからなかった。俺にはそこに並んでいる8人が、歳も格好もバラバラだったものの、怪しさという点では同じようにしか見えなかったからだ。だが指紋を調べた結果、逸徒の言っていたことが正しいことがわかった」

「ああ、あれは…………。あの男の目の中に、嘘をつく人間特有の特徴が見えてましたから……」

塔麻は左右に頭を振ると、話を続けた。

「おまえにとって当たり前にわかることが、他の人にはわからない。おまえの能力が発揮された他の場面も、俺は後から聞いて知っている。高校時代のアイヌの姫の話や、大学時代の猪苗代湖での出来事もそのいい例だ。だがその力が、はたして別の人格を持つ今回のケースでも当てはまるのか、俺はそこにとても興味があるんだ」

そこでブランデーを一口飲み込むと、眉間にしわを寄せながらさらに言葉を継いだ。

「それと今回のケースは、おまえの恋愛が絡んでいるという点で今までとは大きく違う。時として恋は万物の尺度を狂わす。好きな相手の悪いところは見逃し気味になるし、都合の悪い事実には蓋をしてしまう。人間とはそうした生き物だ。その危険性だけは肝に銘じておけよ、逸徒」

使用済みの食器を手際よく流しに運んでいる山本の傍らで、もうすっかり酔いが覚めてしまった様子の3人は、これ以上酒を飲む気力も失せたように、無言のままお互いの視線の先をただぼんやりと眺めていた。もう箸を付けられることもなくなった料理の数々が、行き場を失ったまま、テーブル上でその温度を失っていた。

＊＊＊

「私がマカロンを好きだって、よくわかりましたね？　逸徒さん」

その日逸徒と須美は、探偵事務所より車で30分ほど走った郊外の洋菓子店「カロ」に、萌波とは2時の待ち合わせで来ていた。マカロンが主商品のこの店のショーケースには、色とりどりのマカロンがところ狭しと並べられていた。この日の3人の目的は、お店に併設されたカフェで、購入したマカロンを食べながらの、【チーム麦】の作戦会議なのだった。休日ということもあり、お店はもとより、カフェのほうも多くの客による賑わいで満ちていた。

「ここは、私ももう何度も来ているお店です。一度は巌さまもお連れしたことがありますよ」

いつもの柔和な笑顔を浮かべながら嬉しそうに話す萌波を目の前にして、逸徒は彼女の綺麗な顔を、いつにも増して念入りに眺めていた。今日の萌波は、髪の色と同じベージュのドレスに、所々白に近いベージュのフリルが付いた、本来10代の少女が似合いそうなとてもポップでかわいらしい服を着ていた。が、今年25歳であるはずの萌波にはそれが見事なくらい良くマッチしていて、まるで童話の国から抜け出してきた妖精のようなその姿を、逸徒は戸惑いを隠せない面持ちで静かに見つめていた。やがて、夢から覚めたような顔で萌波の瞳の中心に焦点を合わせると、逸徒はゆっくりとしたテンポで口を開いた。

「休日なのに呼び出してすみませんね、萌波さん。マカロンがお好きなのは、永森社長から聞きました。たまには作戦ルーム以外での打ち合わせと思って、どこかでコーヒーでも飲みながらと思ったんですが、最近の萌波さんは本業のほうがずっとお忙しそうだったので、平日は避けたほうがいいのではと須美と話していたんです。でも結果として萌波さんにとってのせっかくの日曜日を潰すことになってしまいましたね」

「はい、先生。このお店には、私が行こうって言ったんです」

須美が手を上げながら言った。

「ありがとう、逸徒さんに須美ちゃん。いいえ、私もう嬉しくて嬉しくて……。巌さまは幸福値ゲームに関する用事を最優先にしろとおっしゃってくださってますし、休日でも平日でも気にしないで誘ってもらって大丈夫ですよ。それと……白状しちゃいますが……」

そこまでを話すと、萌波は少し照れたような顔をした。

「誘ってもらってから、このお店に逸徒さんと須美ちゃんと来れるのが嬉しくて、ゆうべはワクワクしながらなかなか寝付けませんでした」

高いテンションで、珍しいくらいにはしゃいでいる様子の萌波を瞳に映しながら、逸徒の頭は複雑な思いを抱きながらの混乱を続けていた。今目の前にいる素直で天真爛漫な萌波と、脅迫状の毒々しい言葉とが、逸徒の頭の中で、いつまで経っても接合できないもどかしさを抱えていたからだった。

「だから今日は普段は着れないような、かわいい寄りの服にしたんです。仕事の時は、さすがにこれは着れませんからね。これでも私、少しは空気読んでるんですよ」

イタズラっぽい言い方でそう言うと、萌波は椅子から垂れているスカートの縁の部分を少しだけ摘まんでみせた。萌波の立ち振る舞いやかわいらしさはごく自然なものでしかなく、そこには人を騙そうとする作為的な要素などは微塵も感じられなかった。

「いつも不思議に思ってたんですけれどね、萌波さん……」

眉をひそめるような顔つきで、突如深刻そうな声を上げた逸徒のほうを、食べかけのマカロンを持った手を皿に休ませた萌波が見た。

「萌波さんが着ているその服って、毎回とても綺麗でかわいらしいけど、他の人が着ているのをあまり見かけませんよね？　時として上品なゴスロリだったり、軽めのドレスだったり、貴族風だったり……。コスプレのようでもあり、高級メーカー品のようでもあり、はたまた本場のヨーロッパ製のようでもあり……。一体何というブランドなんですか？」

「ああ、私も知りたい知りたい」

するとと萌波は、至極嬉しそうな笑顔を浮かべた後、少し恥ずかしそうな様子で次のように言った。

「ありがとうございます、逸徒さん、須美ちゃん。実は私が着ている服はすべて、私自身がデザインしているオリジナルなんです。仕立てもほとんど自分でやっています。話す機会がありませんでしたが、北日本総合地所の中に私専用の仕立て部屋があって、巌さまとの仕事がない時にはずっとそこにこもって作業していることが多いんです。私の唯一の趣味みたいなものですね」

「えっ、すごぉい!!」

逸徒の驚きの顔と須美の感嘆の声に、萌波は照れたような笑みを浮かべた。

「萌波さんにそんな才能があったなんて知りませんでしたよ。こんなに完成度の高い服を作れるんなら、いっそのことブランドを立ち上げられたらいかがですか?」

「うんうん」

すると萌波は柔らかな微笑みを口もとに残したまま、首を左右に振ってこう言った。

「実は巌さまもそう言ってくださいます。そのためのお金なら出してあげるよ、と。でも私はそんなことを望んではいないんです。今の時点で十分に私は満たされていますから」

その言葉を聞いた逸徒の脳裏に、凜に届いた手紙の文面が再び浮かび上がった。

……幸福値ゲームを止めさせたいというのは、案外萌波の本心なのかもしれない。きっとこの子は、ブランドを立ち上げるような野心や、争いごとを好まない性格の持ち主なのだ。それにしても……。

逸徒が引っ掛かっているのは、「死の制裁」のくだりだった。手紙にあんな文字さえ書いてくれなければ、自分の気持ちもこんなにモヤモヤしたものにならずに済んでいるものを。逸徒はそう思いつつ、それを口に出せないもどかしさをそっと胸の中にしまい込んだ。

「でも私がこういう服を着ていることは、お仕事にとって……というか巌さまにとって、決してプラスではないと思うんです。こんな変わった格好の娘を秘書として使っていることで、巌さまもおかしな目で見られかねませんから。でもそのことを、巌さまから言われたことは、ただの一度もありません。巌さまはそんなことより私の気持ちのほうを大事にしてくださっているんです。それはたぶん私が心に傷を負っていることと無関係ではありません。あの方は……そういうお方なんです」

萌波はかすかな笑みを浮かべて、どこか遠くに焦点を合わせながらそんな話をした。マカロンを口に運ぶのも忘れて、そんな萌波の様子に見入っていた逸徒と須美だったが、そこで須美が自分の中に持ち上がった疑問を思わず口に出した。

「今萌波さんは25歳でしょう？　そんなにかわいいのに付き合ってる人がいないのは、なぜなんですか？」

いきなりのぶしつけな質問だったが、萌波は相変わらず穏やかな表情のまま笑って答えた。

「付き合いかけた人はいたんです。でもうまくいきませんでした」

「それはいつ？」

「つい去年のことです」

そこで一旦話は途切れたが、須美はなおも萌波の顔から目を逸らそうとはしなかった。自分の顔をじっと覗き込んでいる純粋な好奇心でできているような須美の瞳を見て、萌波は観念したように、ポツリポツリと続きの話を語り始めた。

「原因はたぶん私のほうにあるんだと思います。その方は、巌さまがセットしてくださった、一部上場の会社勤めのエリートサラリーマンさんで、高身長の、まるで絵に描いたようにハンサムで素敵な方でした」

「うわ、さすが永森社長が連れてくるだけの相手だな」

「ええ、私もそう思いました。そして私の生い立ちもきちんと理解してくださった上で、今の君が好きなのだから、どんな家庭環境にいたかや児童養護施設に引き取られていたことなどは、僕には関係がないとまで言ってくださいました。巌さまがせっかく連れてきてくださったお相手でもあり、私はその方とお付き合いをする気でいました。ですが……」

そこまで話したところで、ふいに萌波は話を止めて遠くを見るような目をした。逸徒は食べかけのマカロンが皿の上に置かれていることもすっかり忘れた様子で、そんな萌波の綺麗な瞳に見入っていた。一息ついてから、萌波の話は続いた。

「お忙しい方だったので、やっとお互いのタイミングが合った日に行ったレストランの帰り道で、彼は私の体に触れようとしました。無理もありません。その頃はもう3度目のデートで、彼からは愛していることを前回のデートで伝えられていましたし、ほとんど付き合っているも同然でしたから。でも私は実は、まだ男の人に対する恐怖心がまったくなくなった訳ではないんです。義理の父から暴力を受けていたのは今からもう20年ほども前の出来事なのに、今でも男の人に少し触られただけで、あの時の記憶がフラッシュバックするんです。私はその時、彼に言いました。もう少しだけ待ってほしいと。あなたを受け入れるまでに、私は時間がかかるということをどうか理解してほしいと」

萌波の声は心なしか少し震えているようにも思えた。心配げに自分の顔を覗き込んでいる2人の様子に気づいて、萌波は大丈夫だと言いたげに小さく微笑むとさらに話を続けた。

「その時、彼がかすかに…………。ほんとにかすかになんですが、『ちっ』と舌打ちをしたんです。あれは私の聞き間違いなんかではありません。彼は私から目を逸らすと、またいつもの優しげな様子に戻りました。ですが私にとってはそれがすべてでした。なんて心が狭い女なんだと言う人もいるでしょう。そしてそう言われても当然だと思います。だって私自身もそう思いますから」

そこで萌波はほうっと小さなため息をついた。

「そしてもうそれ以上関係を続けるのは、私には無理でした。巌さまに詳しい状況を説明した上で、翌週には彼にお断りの連絡を入れてもらいました。彼からは熱心な口調で、もう一度話し合おうと電話口で何度も言ってもらいましたが、私はただひたすらお詫びの言葉を繰り返しました。ここまでの話でおわかりの通り、私はこと異性との絡みにおいては、とても面倒な要素を抱えた女なんです」

「そうだったんだ……」

須美は繊細な萌波らしい話だなと思いながら、小さく何度かうなずきつつ、食べ掛けのマカロンを口に含んだ。

「でも先日、私にとってとても不思議なことが起こったんです」

「不思議なこと……？」

「ええ、この前礼子さんに腕を掴まれた日、私は逸徒さんにかなり強く手を握られて、そのまま庭坂探偵事務所まで一緒に歩いたんですが、あの時私には逸徒さんに対する拒否反応らしきものは何も出なかったんです」

「萌波さんの潜在意識が、兄貴を異性として認識してないのでは?」

「いいえ、たぶんそうではありません。でもあれは……私にとってはとても意外で、とても嬉しい出来事でした。自分の中にいる自分が感じることは、自分ではよくわからないこともありますからね……」

萌波は相変わらず穏やかな口調でそう話したが、彼女にとってこの話題はそれで終わりだった。逸徒と自分とに絡む事柄をこれ以上深掘りされたくないためか、萌波は須美がまだ何かを話したがっているのを遮るようにそそくさとこの話題に終止符を打つと、唐突とも思えるタイミングで、「幸福値ゲームのことをお話ししましょうか?」と、この日の本来の目的であるところの、幸福値ゲームの件を持ち出した。

「そうでしたね。あまりに楽しい時間なので、本来の目的を忘れてしまうところでしたよ」

それは逸徒の本音でもあった。が、そこから逸徒と須美とは、気持ちを切り替えるように、マカロンを皿に置くと、真剣な顔つきで体を萌波の方向へと向けた。

「あれからいろいろと考えているんですが……。私が対象者として選びたい相手は、できれば命に関わるほど大変な悩みを抱えている人にしたいんです。言うなれば、私が厳さまに命を授けてもらった時と同じくらいに切実感のある……」

そう語りながら萌波が瞳に宿しているキラキラと輝く光沢の奥を見つめながら、逸徒の心は、底の知れない暗黒の湖への沈殿を繰り返していた。萌波を一途に信じている自分と、視界不良の霧に覆われた鬱屈とした思いを抱えた自分とが、逸徒の体の中に矛盾という形で同居していた。そして行き場のない迷路へと迷い込んでしまった逸徒の頼りない視線は、喧騒に包まれたカフェのそこかしこを、落ち着かないままさまよい続けていた。

「どうかしましたか？　逸徒さん」

急に無口になって視点の定まらない逸徒の目を、綺麗に澄んだ2つの瞳が覗き込んだ。

「あ、いえ」と慌てたように取り繕った逸徒を、萌波はおかしなものでも見ているように、ふふふと笑った。

こうして逸徒の胸に心地よい余韻と深刻な混乱とをもたらすことになった3人による束の間の作戦会議は、資料の最後のページをめくるまでの約1時間の間、逸徒が口にするほろ苦いマカロンの味とともに続けられることになった。

「あれ、誰へのお土産ですか？」

話し合いが終わって解散した後に、萌波が再びお店に戻って何かの買い物をしているのを見かけた逸徒が、思わず声を掛けた。

「凜ちゃんですよ。彼女、プリンが大好きなもので」

萌波はにっこりと笑って答えた。凜のために箱詰めされている高級プリンを横目で見ながら、挨拶を交わして、逸徒は最後まで謎に包まれたままの美しいベージュの妖精と別れた。

この日の話し合いで、幸福値ゲームの対象者の最終的な選定は数名の人物に絞られた。机上での話し合いには限界があるから、目的を相手に告げないで、一度当事者に会ってみるのも一つの手なのではないかという須美の提案に、萌波が強く同意したため、次回は実際の相手を見極める意図も兼ねて、遠出をしてみようという話になった。

＊　＊　＊

「あ、凜さん、こんにちは。【チームまお】の作業は順調に進んでますか？」

数日後に、【チーム麦】の作戦ルームから出てきた逸徒は、6階の廊下でやはり【チームまお】の作戦ルームから出てきた凜と出くわした。

「逸徒さん、こんにちは。ええ、まぁまぁの進捗具合ですよ。逸徒さんとは今回はとりあえず敵味方ですけど、お互いに負の感情は抱かないでおきましょうね。逸徒さんに嫌われたら私、悲しいから」

「はは、凜さんを嫌うなんてこと、あるはずがないですよ」

逸徒が笑いながらそう言うと、凜もにっこりと笑顔を浮かべた。その場を離れようとした逸徒がふと思い出して、先日の出来事に絡んだ話を持ち出した。

「そう言えば、先日萌波さんからのお土産のプリン美味しかったですか？　僕たちあの店のマカロン食べてきたんですが、須美なんて調子に乗って8個も食べたんですよ。プリンも美味しいって聞いてるし、次に行った時には僕もプリンを食べてみようかなと思って……」

するとなぜか凜は表情をかげらせて、彼女には珍しくはっきりとした答えを返さなかった。逸徒が不思議な顔で自分を見ているのに気づいて、凜は言いにくそうな様子で次のような言葉を口にした。

「萌波ちゃんに、私がこれから言う話をしないと約束してもらえますか？」

「え、ええ……」

急に笑顔が消えた凜の顔を見ながら、逸徒が怖々次の言葉を待つと、凜の口から飛び出した中身は、逸徒にはにわかには信じられないものだった。

「確かに萌波ちゃんから、６個のプリンが入ったお土産の紙袋をいただきました。でも私……その……極度の卵アレルギーなもので、せっかくのお土産も私が食べることはできないんです。でもまぁ、うちの母が何日にも分けて美味しくいただいてますから、萌波ちゃんに感謝はしていますけど」

「えっ、でも萌波さんは、凜ちゃんがプリンが大好きだから買っていくって……」

すると凜は小さく首を左右に振ると、

「残念ながらそれは事実ではありません。私の卵アレルギーは筋金入りで、少し口にしただけで、それこそ命に関わるレベルなんです。だからプリンなんか食べたら、１時間後には私は救急車で病院送りになっているはずです」

と寂しげに言って、かすかに微笑んだ。

「まさか彼女、勘違いしたってことだろうか……」

喉の奥からかすれた声を捻り出した逸徒に対して、凜はさらにダメ押しとも思える言葉を口にした。

「いいえ、私が極度の卵アレルギーだということは、萌波ちゃんもよく知っている事実です。だって私たち、大学の4年間ずっと一緒でしたから」

「えっ!!」

逸徒は言葉を失って、思わず絶句したきり身動きが取れなくなってしまった。すると凜はそんな逸徒の顔に自分の顔を近づけると、耳もとでそっと次のような話をした。

「萌波ちゃんと4年間一緒の大学生活を送った身として、逸徒さんにはおそらく寝耳に水の話をしますが、萌波ちゃんは少しその……普通の人とは違う面があるんです。言い方を変えれば、彼女の中には表面上は見えない別の人格が存在しているというか……」

「別の人格……ですか……?」

「今回のプリンが、先日の母とのいさかいに対する彼女の悪意のプレゼントなのか、それとも別の人格が顔を出して行ったことなのかは、正直私にもよくわかりません。ただ私から逸徒さんに伝えておきたいことは、萌波ちゃんが必ずしも、今の逸徒さんの目に映っている優しくて思いやりある彼女ばかりではないということです。でも……ここから先は逸徒さんがご自分の目で確かめられたほうがいいでしょう」

そこまでを話すと凜は、そこから先を言うべきか否かを迷うような素振りを見せた。が、逸徒が食い入るように自分を見ている様子に気づいて、観念したように言葉を継いだ。

「7階のエレベーターを降りて右に行ったつきあたりの部屋が、萌波ちゃんの仕立て部屋です。鶴の恩返しのような感じで、まるで何かに取りつかれたような顔でいつも作業をしていますが、大抵扉は開いていますから、逸徒さんも一度覗かれてみるといいでしょう。おそらく今なら出会えますよ。もう一人の彼女……『魔女ドゥマン』に」

「えっ!!」

凜は簡潔にそれだけを話すと、頭を下げてそそくさと逸徒から逃げるように去っていった。

……………魔女………ドゥマン………………

この後、探偵事務所に戻っての仕事が逸徒には待っていた。エレベーターに乗った逸徒は1階のボタンを押して下まで降りたが、いざ1階に着いてもしばらくの間、逸徒はなかなか次の一歩を踏み出せずにいた。

……今7階に行けば、おまえは彼女に嫌われてしまうぞ。それでもいいのか?………

逸徒の気持ちは大きく揺らいでいた。扉が閉まってからもずっと葛藤を繰り返していた逸徒だったが、もっと萌波を……『魔女ドゥマン』の正体を知りたいと思う欲望が、逸徒の指を7階のボタンへと導いた。1階で数分間留まっていたエレベーターは再び上昇を開始し、やがて7階のフロアへと逸徒を運んだ。

……探偵という職業は、本来観察が仕事だ。萌波さんに咎められたら、一応すべてのフロアを見ておきたかったからだと言おう………

萌波への言い訳まで用意しながら、逸徒は慎重な足取りで7階の通路を奥に進んでいった。通路は逸徒にとって、とてつもなく長く感じられた。が、やがて目的の場所に辿り着くと、一番奥の部屋は扉が完全に開かれており、何の苦もなく逸徒もその入口に立つことができた。恐る恐る逸徒が中の様子を観察すると、そこにはたくさんの布類や吊るされた服類やミシンや裁断器などに囲まれるようにしながら、机に向かって一心不乱に何かをしている萌波の姿があった。机の隅には、高さ30㎝ほどの本物のフランス人形も置かれている。

「萌波さ………」

ふと声をかけようとして、逸徒は思い留まった。自分が誰かに見られていることなどまったく気づく素振りもない萌波の異常な様子にすぐに気づいたからだった。萌波は、表情をまったく感じさせない能面のような顔で、何かに次々にまち針のようなものを刺していた。プツッ、プツッと音を立てながら針が刺されて、もうすでに針の山のようになっているその「もの」を見て、逸徒は愕然とした。そして瞬時に全身から冷たい汗が吹き出すような感覚に陥った。萌波に針を刺されてまるで針ネズミのような姿になっているもの………。それは【チーム麦】のマスコットである、たぁくんのぬいぐるみだった。

「魔女………ドゥマン………」

逸徒は自分の足が、自分でも気づかないうちに小刻みに震え始めていることを知った。

浩紀とこうさん

市内から車で40分ほど走った、少し小高い丘のあたりにあるまばらな住宅地で凜は白のセダンを停車させた。

「ここからは歩いていきましょう、おじさま」

空き地らしい場所に車を置くと、凜が手にしたタブレットのナビを頼りに2人は少しぬかるんだ道に歩を進めた。

「何だこのひどい道は。行政の手が届かないのか」

そう言う巌に凜は、「私道なんですよ、きっと」と答えて、軽く笑みを浮かべた。

「このアパートだな」

2人が見上げたそれは、間違いなく築50年以上は経っているであろう鉄骨の錆び付いた2階建てアパートだった。外付けの鉄階段をギシギシ言わせながら凜が先頭、巌が後ろになって上り切ると、端から3番目にある「栗本」の表札を確認しつつ、凜がこんこんと古びた扉をノックした。

「はい」

ドアを開けて出てきた若い男は、事前に話を通していたためか、特に驚く様子もなく、2人を中へと導いた。

「狭いんで、気を付けてくださいね。あ、こちらは母のとも実です」

とも実という人は、顔にしわをたくさん刻んだ、いかにも苦労人という感じの小柄な女性だった。2人には60歳くらいに見えたが、案外もっと若いのかもしれない。

「お母さん、突然のお邪魔にも受け入れていただいてすみませんね」

「いえいえ、大きな会社の社長さんが、こんなところに足を運んでくださるなんて……」

「榊から聞かれていると思いますが、わしら2人は今日、浩紀《ひろき》さんの自慢のカレーを食べさせてもらいに来たんです。図々しくてすみませんな。これはほんの気持ちです」

巌は、現金入りの謝礼の封筒を下駄箱の上に置くと、浩紀の案内に従って奥の部屋へと足を踏み入れた。奥の部屋の中央には丸テーブルがあり、それを囲む形で巌と凜と浩紀ととも実の4人が椅子に座った。

「このカレーは実は、亡くなった父がよく作ってくれたものがベースになっています」

席を立った浩紀が台所のカレーをよそって、手際よくそれを自分も含むおのおののテーブル上に置いた。器は同じものがなかったと見えて、４つとも違う形をしていた。

「見たところ、特別な具は見当たりませんな」

巌の言葉に、浩紀は特に何も説明を加えなかった。味で判断してくれということなのだろう。４人でいただきますをして食べ始めたが、口にカレーを一口入れた瞬間から巌と凜は、すぐに普通のカレーとの違いを認識した。

「わぁ、凄く美味しい」

「うむ。これは普通とは違うな。何とも言えないコクがあると言うか……。何が入ってるんですか、これは」

「数種類のきのこを溶かしてあります。もう一つの具材は企業秘密で、誰にも話していません。普通のカレーにはダシとして炒めた玉ねぎが入っていることが多いですが、僕のカレーには玉ねぎは一切入っていません」

「ほう、玉ねぎなしでね。わしはお料理についての詳しい話はわかりませんが、ここまでの旨味が出てるってことは、これはこれで成功してるってことなんでしょうな……」

それからしばらくの間、4人は余計な話をせずにただ黙々とスプーンを口に運んだ。少食の巌が皿の3分の2ほど食べたところで、もうごちそうさまとばかりにハンカチで口を拭くと、浩紀とともに実のほうを見ながら話を始めた。

「これだけのカレーを作れるのだから、お店を持ちたいのでしょうね？　というか、お店を持ちたいと聞き付けたからわしらがここにいるのだが」

「ええ、可能であればそうしたいんです」

「浩紀さんにとって、何が障害になっているとお思いかな？」

「ええ……」

そこで浩紀は、まだ会って間もない相手に自分のことを話すべきか迷っている様子だった。だが巌は何も言わず、ただ浩紀の顔を穏やかな顔つきで見つめていた。やがて浩紀は覚悟を決めたかのように、自分を取り巻く環境……家族が置かれた経済状況のことを話し始めた。

「父が経営していた印刷会社が倒産したのが今から5年ほど前です。その時に父は自ら命を絶ちました。僕は父の、経営がうまくいっているという話を鵜呑みにして高校を出てからすぐに会社を手伝っていたので、会社が行き詰まって父が亡くなってしまった時には本当にショックでした。そして会社の資金繰りのために僕も保証人になっていたため、やむをえず僕もその時自己破産せざるをえなかったんです」

「そうでしたか………。それは浩紀さんも苦労されましたな」

「苦労というか………それからはとにかく食べることに必死だったもので、何が何だかわからないままに、ただがむしゃらに毎日を生きてきたこの5年間でした。今僕はここからすぐ近くの工場で派遣として働いています。母は掃除の仕事を週に4日していますが、正直言って生活は楽ではありません。車の維持費とアパート代と食費とで、2人の給料の大半は消えてしまいます。細々ながら貯金もしていますが、お店を持つまでには、この調子だと気の遠くなるほどの時間がかかってしまうでしょう。借り入れをしようにも、僕の場合一度自己破産しているのでそれも難しいんです」

「で、そんな状況を打開できる考えは何かおありかな？」

「いいえ、今のところまったくありません。このまま浮かばれないで今の生活が一生続くのかと思うと、まったくやるせなくなります」

「ただ仮にカレーのお店を持てたとして、生活が楽になるとは限りませんよ。飲食店の生存率をご存知かな？　10年続くお店は1割ほどしかないんですよ」

「ええ、その話も聞いて知っています。もちろんお店を持てたからといって、すべてが薔薇色になるなんて思っていません。ただ自分が好きなもので勝負できるなら、例え生活が苦しくても我慢できます。僕がカレー屋をやる目的は、もちろんまずは生活のためですが、それだけではありません。僕が生まれてきたことの意味をこのカレー屋に見出したいと思っているんです」

目を輝かせながら話す浩紀の言葉をじっと聞いていた巌だったが、そこでにっこり笑うと次のように言った。

「なるほど。状況はよくわかりました。凛もカレーは食い終わったようだな。ではわしらは話さねばならんことがあるので、一旦外に出ます。お母さんの食事がまだ終わってないのに、お行儀悪くてすみませんな」

そう言うと巌は、凛とともに玄関を出て鉄階段を降り、浩紀たちに話が聞かれる心配のない場所まで来てから、２人で会話を始めた。

「この親子を対象に選ぶかね？　凛くん。わしがこの親子に幸福値を聞く前に決めてもらうというのが、このゲームのルールだからな」

「ええ、私はこの親子を対象に選びたいと思っています」

「そうか。いいだろう。わし側の審査もこの親子ならＯＫだ」

にわかの作戦会議はそこで一瞬にして終わりを告げ、巌は納得した顔つきで鉄階段を再び上っていった。

「今これからあなた方に伺うことは、わしらにとってとても大事なことなので、すみませんがこれからのやり取りは録音させてもらうがいいですかな?」

巌が懐から取り出したボイスレコーダーを見て、少し怪訝そうな顔をした浩紀とともに実だったが、やがて浩紀に続いてとも実も納得したようにうなずいた。巌は、親子が人生において今抱えているプラス要素とマイナス要素とを公平に見て判断してほしいと前置きをした上で、先日の猫の老婦人の時のように、親子にとっての幸福値を１００点満点で尋ねた。

「今僕たちは正直、幸せな状態からはほど遠いと思っています。僕は今30歳手前ですが、この状態がずっと続けば、おそらく結婚も無理でしょう。ただ普通に生活はできていますし、ささやかながら月に一度は外食に行くことを親子で楽しみにもしています。そんな現状を１００点満点で表すのならば、おそらく僕の幸せ度数は20点という感じじゃないでしょうか」

するとその言葉を聞いて、とも実が「私は40点」と言った。

「うちの人が亡くなってから、この子は本当にたくましくなりました。確かに足りないことの多い生活だけれど、私は毎日を感謝しながら生きています」

そこまでを黙って聞いていた巌だったが、

「わしたちにどんなお手助けができるか、少し時間をくださいな、お母さん」

と言うと、カレーをご馳走になったことに対する丁寧なお礼を言って、凜に先導されてアパートを後にした。

帰りの車の中で巌が穏やかな口調で言った。

「なかなかにいい親子だったな。さすがは凜が選んだだけのことはある」

「光栄です、おじさま」

「息子が20点、母親が40点ということは、今回の点数は間を取って30点だ。それに異議はないな?」

「ええ、もちろんです」

ハンドルを握りながら、凜はきりっとした眼差しで答えた。勝敗は時の運とでも言いたげに、迷いの欠片もないその態度に、巌は目を細めながら満足げにうなずいた。幸福値ゲームに凜が勝利して、彼女が会社を引き継ぐことになっても、その前途には明るい未来が待っている。巌の表情からは、そんな前向きで楽観的な思いが見て取れた。

「対象者はもう一人必要だが、そちらの目星は付いているのかね？」

「ええ、決まってますよ、おじさま」

巌は驚いたような目で凜を見て、「早いな」と思わず口にした。

「即断即決ができる人間が、わしは好きだ。もちろん本人の中での熟慮をした上でという意味だが。会社を運営する上で、ことさら不動産においては、早めの見極めと判断力は絶対に必要だからな。というか少なくともわしはそうしてきた。そういう意味ではおまえはいい要素を持っている」

巌の言葉に、凜は嬉しそうに小さく微笑んだ。

「榊さんとお母さまと3人で、もう何度も話し合いをしてきましたからね。早いと言ってもあれからもう3週間経ちましたよ、おじさま」

「そうだったな」

「実は次の候補者への導入部分は、榊さんにお願いしようと思っているんです。これは私の勘なんですが、対象者が抱えている悩みの性質上、そのほうがスムーズにいくような気がするんです」

「ふふ、どんな対象者を選んだのか、ここでは聞かないでおくが、わしが一役買う場面があれば遠慮なく言ってくれよ。萌波くんにも同じことを言うつもりだが、今回の幸福値ゲームは、もともとわしが言い始めたことだ。わしだって、幸せになりたい人間のお手伝いをしたいからね」

「ええ、ありがとうございます、おじさま」

巌は満足げな様子で助手席のシートに身を埋めたが、ゴミでも目に入ったのか、しきりに左目のあたりを気にしていた。凛が心配そうな目で見ているのを、巌はふふふと笑って右手で制した。

「ああ、心配はいらんよ。アパート近くの地面で土ぼこりを受けたせいだろう。わしのこちら側の目は作り物だから、正常な目よりは涙が出にくくてな」

「おじさまの左目は確か、おじさまのお兄さまによって義眼にさせられたのでしたよね？」

凛は巌の反応を気にかけながら、その顔色をうかがうように尋ねた。巌は、「ああ、そうだ」とポツリと言った後、険しい表情を顔に刻んで、フロントガラスを睨み付けると、沈んだ声で淡々と自分語りを始めた。

「おまえにも関係あることだから話しておくとしよう。わしらの一族には、他人から蔑まれこそすれ、褒められることなど1ミリもない、外道とでも言うべきケモノの血が流れているのだ」

「ケモノの血……ですか……？」

「ああ。おまえも薄々は聞いているだろう。わしの父、おまえにとっては曽祖父に当たる怜秀《れいしゅう》という人物は、口に出すこともはばかられるくらい、それはそれは最悪の人間……究極の外道だった。欲のために他人を陥れ、騙してお金を奪い取ることをなりわいにしているような、道徳心も羞恥心も、おまけに人間らしい情ですらもまったく持ち合わせていない人非人だ。身内に対しても冷酷そのもので、長年連れ添った自分の妻、つまりわしの母親に末期のガンが見つかった時には、これまで愛情込めて自分に尽くしてきた相手であるにも関わらず、これ以上利用価値がないとわかると、まるでボロ雑巾のように冷酷に捨て去って、後のことなどまったく省みない人間だ。絶望と悲しみと憎悪とに満ちた表情をしながら、母は死んでいった。枕もとで母が残した言葉を、わしはいまだに夢に見るよ。『あの悪魔』と、怜秀を指して死に際の母は言った」

巌の口調は、まるで汚いものでも吐き出すような、嫌悪感に満ち溢れていた。巌の怨念が込められた話はさらに続いた。

「わしの兄の怜児《れいじ》も、父のそんな外道を色濃く受け継いで育った人間だった。さんざんわしから金をむしり取った挙げ句、いよいよ限界を迎えたわしがこれ以上は無理だと断ると、わしの左目にナイフを構えて脅しをかけるようなクズだ。だがここで引く訳にはいかないと思ったわしは、そこできっぱりと断りを入れた。結果、やつはわしから、ためらう素振りもなく左目を奪った」

凜は初めて耳にする巌とその父や兄との壮絶ないきさつに、驚きの表情を浮かべて、巌を見た。

「怜秀の血はもちろん、わしの妹であるおまえの祖母の慧子《けいこ》にも流れている。そしておまえにもだ、凜。わしらはみな、あのケモノの腐った血を受け継いでいる子孫たちなのだ。だからわしら一族はこのことを常に肝に銘じておかなければならない。わしがこれまで生きてきた長い人生の間、ずっと心の中で叫び続けてきた言葉がある。『俺はあのケモノの子ではない!』そして『俺に流れてるのは人間の赤い血だ!』の2つだ。わしはあの外道のＤＮＡがこの体の半分を構成していると考えただけで、気が狂いそうになる。

今回、幸福値ゲームで他人の不幸を救うという試みをわしがしているのも、まさにここに大きな理由がある。わしは自分の身に流れている不浄な血を浄化したいと、この歳になってもまだ悪あがきを続けているのだ」

興奮で小刻みに震えている、切実な苦悩のしわが刻まれた老人の横顔を瞳に映して、凜はその話をゆっくりと噛み締めるようにしながら、「肝に銘じますわ、おじさま」と静かにつぶやいた。

凜の運転するセダンはほどなく、郊外にある巌の自宅の敷地へと入っていった。凜や萌波の車には門扉のキーがセットされていて、近づくだけで自動で扉の開閉がする仕組みになっている。巌の家は５００坪の敷地に建つレトロな雰囲気を持つ築１００年の洋館で、前の所有者であった地元の名士から巌が20年前に譲り受けて、近代的に手直ししたものだった。

「今日は土曜日ですから、今田さんではなく、萌波ちゃんが来る日ですよね？」

「ああ、萌波くんの手料理もわしの楽しみの一つだよ」

巌が車を降り、玄関から中に入るのを見届けてから、ゆっくりと凜は車を発進させた。

１人になってしばらく経った頃、信号待ちで停まった交差点で、目の前を横切る老人のシルエットを目にした凛は、無意識のうちにとあるつぶやき声を漏らしていた。

「ケモノの血……」

巌との絡みにおける凛という人物は、ここまでのところ完璧な後継者候補としての姿を見せていた。自分ができることを最大限に発揮しながら、後ろを振り返らないというそのさっぱりとした姿勢は、巌のみならず周りの誰からも高く評価される要素だった。

「私もお料理覚えようかな。私が萌波ちゃんに負けてるのって、たぶんそこだけだろうから」

凛は思い切りアクセルを踏み込むと、青に変わった信号と同時に、国道を飛び出した。すぐに追い越し車線へと入った凛のセダンは、巌を乗せていた時とは明らかに違うトルクで、加速を加えていった。


「こんなところに本当に住んでるんだろうか？」

かなり薄汚れたテナント募集の札を横目に見て、半分崩れかかった空きビルの地下の店舗に通じる年季の入った階段を覗き込みながら、逸徒がポツリと言った。逸徒と須美と萌波の３人は、探偵事務所の使い込んだワゴン車を使い、逸徒が運転をして、国道をかなり走った距離にある都内某所に来ていた。

「間違いないよ。こうさんの話だから」

須美の言い方に思わず笑いを噛み殺しながら、半分あきれたような顔の逸徒が、

「ホームレスにも知り合いがいるってびっくりだよ。しかもこんなに離れた町の」

と感心しきりの口調で言った。

「こうさんはこのあたりでは顔役の人だからね。面倒見のいい、なかなか気のいいおっちゃんだよ。というよりお爺ちゃんかな？　ただスマホ持たないので、連絡には苦労するけどね」

逸徒は判断を仰ぐような顔で、萌波を見た。

「もう少し待ってみますか？　それとも出直しましょうか？」

「そうですね……」

そこでちょうど道を挟んだ斜め向かいのビルの2階に喫茶店の看板を見つけた3人は、そこで待ち人が現れるまでの間、【チーム麦】の作戦会議を開くことになった。

3人とも仲良くモカのホットを頼んで、届いたカップをスプーンでかき混ぜていたが、萌波がふと思い付いたように話を始めた。兄妹は身を乗り出し気味にしながら萌波の真

剣な眼差しに注目した。

「ここまでお２人からいろいろな人たちの話を伺いましたね。さすがは探偵さんと思えるくらいのバリエーションで。展覧会で活路を見出したい食っていけない絵描きの卵の方だったり、ＳＬを走らせたい鉄道会社の職員さんだったり、何百というブリキのコレクションを経済的な理由で手放さざるをえないサラリーマンの方だったり……。遠洋漁業で１年の大半を海の上にいるお父さんと一緒に暮らしたい小学２年生の娘さんというのもあったわね」

今日の萌波はいつものコスプレ調の服ではなく、シックな黒を基調にしたおとなしめのワンピースだった。だがそんな衣装も、萌波という美しい娘の価値を引き立たせるのには十分だった。

「今日会いに来た、不遇な目に遭っている天才エンジニアさんがどんな方なのかは、私もまだよく知りません。その方のお力になれれば、それはそれで意義のあることかもしれませんが、私は決してその方にばかりこだわっている訳ではありません。この世にはたくさんの不遇な方がおられますからね……」

そこまでを言うと萌波は、使い方がよくわからない羅針盤を手に、暗雲垂れ込める行く先の空に不安を募らせている舟人のような顔で、深い困惑の表情を浮かべながら、残りの言葉を口にした。

「今になって…………言葉を換えれば自分がいざ他人を助ける立場になってみて、今さらのように私、巌さまのお気持ちがよくわかるんです。自分が手助けをするべき相手は、きちんと情を解する相手にしたいと思うお気持ちがです。それは自分に恩義を感じてほしいという、単なる自己満足な理由で終わる話ではありません。心を持った人の感情にプラスの上積みを与えられるということは、そのまま自分も心を持った人間だという証明でもあるからです。手助けをすることで、満たされるのは自分の側もまったく同じです。巌さまが私にこれだけよくしてくださっているのは、私のことをそう思ってくださっているからだと知って、それがとても嬉しいんです」

萌波はそう言いながら、潤んだ瞳で小さく微笑んだ。

…………今の言葉が萌波の偽りの言葉だとはとても思えない。ただ問題は今ここにいる彼女ではないのだ。彼女の中に住むもう一人、『魔女ドゥマン』こそが問題の本質なんだ…………

逸徒は無意識のうちに２本入れてしまっていたスティックシュガーに気づいて、普段は飲まない甘めのコーヒーを渋い顔をしながら口に運んだ。

「あ、あそこを歩いてるのはこうさんかも」

須美が窓から下を見下ろして、少し高いトーンの声を上げた。そしてしばらくの間、遠くに点のように見えるその対象物をじっと観察していたが、ぱっと明るい顔になって言った。

「やっぱりこうさんだ。ここに来てもらって、こうさんに話を聞こうよ。そのほうが早いよ、きっと」

「そうですね」と即座に返事を返した萌波とは対照的に、逸徒は煮え切らない仕草で頭を掻いた。

「どうした？　兄貴」

「え、だってホームレスなんだろ？　ここに連れてきてお店の迷惑にならないのか？」

「ああそうだね。でもたぶんこうさんなら大丈夫だよ。わりと小綺麗にしてる人だから」

言うが早いか、須美はまるでリスが木をかけ登るような素早さで、入口近くの店員に声を掛けると、あっという間に表に飛び出していった。

それから数分後に４人掛けテーブルの残りひと席に収まったこうさんという人物は、

確かにくたびれた服は着ているものの、どこにでもいそうな60代半ばほどの、黒と白が半々の髪をした小柄な老人だった。無意識に鼻をきかせてしまっていた逸徒だったが、特に気になる臭いもなく、言われなければホームレスとはわからない風体をしていた。

「ごめんね、こうさん。急に来てもらったりして」

「いいよ、須美ちゃんの頼みだもん」

「いつかの調べものしてもらって以来だね。あの時は助かったよ」

「ああ、んなこともあったな」

そこで逸徒と萌波の挨拶があり、成り行き上、須美が今回の中身を話すことになった。

「こうさんならいろいろ知ってるだろうと思ってね。まさのぶさんを介してやり取りさせてもらってた話のことだよ」

「ああ、悪いな。俺はスマホ持ってないもんで」

「で、私たち3人の前でもう一度、その若い人のことを教えてもらえるかな?」

するとそこで逸徒が、「こうさんにも何か頼んだら?」と言った。こうさんは「俺は何もいらねぇよ」と言って笑ったが、それはとても屈託のない、まるで人を引き込むような笑い方だった。こうさんの笑顔で場が明るくなったが、お店のためにもそれはよくないということになり、結局は３人と同じモカのホットを頼んだ。

「あの若い兄ちゃんがこのあたりに来たのは、２ヶ月くらい前かなぁ。何でもＩＴ関係の仕事をしてたけど、会社が潰れてしまったらしいな。住んでるのも社宅だったみたいで、そこにもいられなくなり、身寄りもなかったから結局はその辺で野宿することになったみたいだ」

「その方のお名前は、何ていうんです？」

逸徒の質問にこうさんは、「それがな、よくわからねぇんだ」と言って、屈託ない笑顔でなおも話を続けた。

「俺らはちゃんと名乗ったりしないのが、普通と言えば普通だからな。俺はあいつのことを兄ちゃんと呼んでたけど、それで困ることはないんだよな。ごめんよ」

「いえいえ、こうさんが謝ることじゃないですよ。で、その若い人の話の続きを聞かせてもらえますか？」

「ああそうだな。いや、もう人生の大半が終わった俺みたいなのと違って、あいつにはまだまだこれからの長い人生があるんだし、ＩＴの仕事してたくらいだから、頭はいいんだよ。だからもったいないなと思ってな。須美ちゃんが言う、サポートし甲斐のある相手と聞いて真っ先に思い浮かんだのが、だからあいつなんだ」

「公的な機関でそういう人を助ける制度はないもんだろうか?」

「なまぽがあるけど、そういうとこの世話になるのは、兄ちゃんのプライドが許さないらしいな。同じ気持ちは俺にもあるから、よくわかるよ」

「なまぽって、生活保護のことだろ?」

逸徒の言葉に須美が小さくうなずくと、「そのＩＴの彼が今どこにいるかわかる?」とこうさんに尋ねた。

「いやさすがにそこまでは俺もわからないな。ここから数km先でやってる炊き出しの列に並んでいるかもしれないが、俺といつも一緒って訳じゃないからね。須美ちゃんに教えたと思うけど、この道向かいにある廃墟ビルの階段のあたりをねぐらにしているのは間違いないと思うから、夜には帰ってくるんじゃないかな」

するとそれまで黙って話を聞いていた萌波が、穏やかな微笑みを浮かべながらこうさんにこう言った。

「よければ、こうさんご自身のお話も聞かせていただけませんか?」

「え、俺の話?」

「ええ、おそらく今の境遇になられたのも、何か理由がおありなのでしょう？　お話しになりたくないのならば、無理にとは言いませんが……」

「はは、こんな綺麗なお姉ちゃんにそんなこと言われると、照れちまうな。別に言ってもいいけど、おまえさんらに得になるようなことは何もないよ」

「ええ、構いません」

まるで大事な相手から大切な話でも聞くような様子で、萌波は優しい眼差しでこうさんを見ながらそう言った。その萌波の姿を見ながら、逸徒も須美も正直驚きを隠せなかった。

「俺の話か……。もう半分くらい忘れちまったよ。随分昔のことだからな……」

こうさんはそれまでの表情とは打って変わって、どこか魂の抜けたような顔で、運ばれてきたモカのカップの縁のあたりをぼんやりと眺めていた。空白の時が流れたが、誰も何も言わず、こうさんが自分から口を開くのをただ静かに待っていた。

「俺は開運堂という老舗和菓子屋の5代目だったんだよ。もう20年も前のことになるけどな。お店もそれなりにうまくいっていたし、お見合いで一緒になった家内との間に娘もいて、あの頃の俺は本当に幸せそのものだった」

いかにも楽しそうに語るこうさんの顔を眺めながら、時折りうなずきつつ3人はその話を聞いていた。だがこうさんの話はそこで一旦途切れて、また空白の時間が訪れた。相変わらず聞き役の3人は、静かにこうさんの言葉の続きを待った。

「で、今はここで路上生活を送ってるって訳だ」

「えっ」

3人は思わず小さく声を上げた。さすがに大雑把過ぎる話に、思わず逸徒が尋ねた。

「その間に何があったんです?」

「ああ、そのことはな、思い出すと涙が出ちまうから、もう忘れることにしたんだよ」

こうさんのその言葉を聞いて、さすがに逸徒もそれ以上の追及はできなかった。だが萌波は違っていた。テーブルの半分くらいまで身を乗り出すと、「私は聞きたいわ、こうさん」と柔らかな声で言った。そんな萌波の顔を少し驚いた様子でじっと見ていたこうさんだったが、かすかに微笑むと、「そんなに聞きたいのか」と言いつつ、ゆっくりと話の続きを始めた。

「俺がパチンコにお店の金を持ち出したのがそもそもの原因だよ。それも一度や二度じゃない。額だって商売に支障が出かねない結構な金額だった。だから今の俺のこの体たらくは身から出た錆と言っても決して言い過ぎじゃない。家内はそんな俺に愛想を尽かしながらも、懸命にお店を守ろうと必死に頑張ってくれていた。だがそんなことお構いなしに、仕事は適当に流しながら、俺は来る日も来る日もギャンブルに明け暮れていた。そしてそんな状態が2、3年くらい続いた後、家内が不倫してるのがわかった。相手はお店を手伝っていた家内より8つ下の悟《さとる》という従業員だった」

さばさばとした口調で話すこうさんだったが、視線は一つところに留まることなく、絶えず宙をさまよっていた。

「俺は激怒して、そいつを罵倒したよ。『人の妻を寝取るとはいい度胸だな、悟。恩を仇で返しやがって』と。すると俺のその言葉に、家族が同調するどころか、悟と家内と俺の母親とそしてその時小2だった娘までもが必死になって俺に食ってかかった。4人とも言葉は違っていたが、言いたいことはみな同じだった。『あんたにそんなことを言う資格はない』ということだった」

こうさんはその時のことを思い出しているのか、眉間にしわを寄せてそこでしばらく黙ってしまった。少し重苦しい空気がその場を支配したが、逸徒が声をかけようと口を開きかけた瞬間、またこうさんがポツリポツリと話の続きを始めた。

「俺は必死になって家内に言ったよ。確かに俺に悪いところがあったのは認める。だがこれからは気持ちを入れ換えて商売に打ち込むから、お願いだから俺をもう一度受け入れてくれと。パチンコもやめるし、おまえの間違いも許すから、頼むからもう一度やり直そうと。するとしばらく黙っていた家内が、やがて静かに悟を指差して言った。『この人と一緒になりたい』と。俺は次にすがるような思いで娘を見た。すると娘の亜希《あき》は俺を知らない人でも見るようなどこかよそよそしい目で見ながら、怖がるような顔で悟のかげに隠れたんだ」

そしてテーブルのあたりまで目線を下げながら、さらに言葉を継いだ。

「その瞬間、俺はわかった。そうか、俺は自分では娘に愛情をかけているようなつもりでいたが、娘が受け取っていた感情はそれとはまったくの別物だったのだと。娘の目に映っていた父親の姿は、パチンコにうつつを抜かし、母親を泣かせるだけの、どうしようもない父親だったのだと。そして俺はその時同時に気づいたんだ。ここにはもう俺の居場所はないってことを」

そしてひどく悲しげな顔をしてから、小さく笑った。

「俺は家を出る決心をしたよ。針のむしろに座ってるような居心地の悪さに耐え切れなかったのが本当のところだが、その時俺は心の中でこう思っていた。『こんな情を解さないやつらなど、俺のほうから願い下げだ。俺の力を見損なうなよ。この店の看板などなくても実力でおまえたちを見返してやる』と。俺には若い頃から親に叩き込まれた、和菓子職人としての仕事に対する自信があったからな。だが金もほとんど持たない状態で飛び出した俺に、選ぶことのできる仕事先なんてほとんどなかった。俺は住み込みで働ける工事の作業員や力関係の仕事を転々としながら、和菓子に携わることができる機会をうかがった。そして運のいいことに、実際に和菓子屋の従業員募集の張り紙を見つけて、そこに潜り込むことができたんだ。しかし俺が自分ではそれなりの技能だと思っていた和菓子作りの技術を、多少重宝がられることはあっても、それで俺の生活が大きく変わることはなかった。というよりむしろ自分の考えを強く押し出す俺のことを周りは煙たがって、次第に俺はそこからも追い出されるようなことになっていった。その時に俺は今さらのように気づいたよ。俺がいた老舗の和菓子屋がいかに幸せで恵まれた環境であったかをな」

一旦語り出すと淀みなく続くこうさんの話に、萌波は身じろぎもせずに聞き入っていた。だがそんな萌波のほうに目を向けるでもなく、こうさんの話はさらに続いた。

「俺はいろんな仕事場を転々とするうち、自分がすり減っていくような疲労感を感じていた。家族を見返すという当初のもくろみも職場を変えるごとにだんだんと薄れていき、生きていくことに対する目的や意味もよくわからなくなっていった。何だかすべてに対することがどうでもよくなっていったんだ。たまにお金が入ると、憂さ晴らしに、やめたはずのパチンコにもよく通うようになった。そして気が付くと、生活費のかなりの部分をギャンブルにつぎ込んでしまって、まともな人間の暮らしですらおぼつかなくなってしまっていた。そして後はご覧の通りだよ。路上での生活ももう何年目になるかなぁ」

そう言うと遠くを見るような目をして、表情を緩めた。

「俺が5代目だった開運堂は、ここから50㎞以上離れた町にある。実はホームレス仲間にその町にゆかりのあるやつがいて、うちの和菓子屋の名前と、俺の事情を知ったら凄く驚いていたんだ。で、それ以降頼みもしないのに、わざわざ和菓子屋に立ち寄って、うちのやつや娘と顔馴染みになって話を仕入れては、その近況を俺に教えてくれたりするようになった。その話によると、俺が店を離れた2年後には悟も家内と別れて店を出ていってしまったらしい。そしてそれから家内は、娘を育てながら一人で頑張ってたようだが、どうやら何かの病気で4年前に亡くなってしまったみたいだ。すべてを一人で背負い込んで、苦労がたたったせいかもしれないけどな」

そこまで話すと、放心したような表情で小さく息をひとつ吐いた。

「今こうさんの望みって何かありますか？」

萌波が涙を指で払いながら、少し震えた声で尋ねた。

「お姉ちゃんは変わった人だなぁ。俺のために誰かが泣くのを見たのは、子ども時分のお袋以来だよ」

こうさんはそう言って嬉しそうに笑った後、少し考えてから次のように言った。

「俺はな、お姉ちゃん。最近よく思うようになったことがある。それは、結婚して娘が生まれたと聞いた娘の亜希のことだ。考えても仕方のないことなのに、どうしてもそればかり考えちまう。家内もいないのに、和菓子屋を継いで懸命に頑張ってる亜希のことを思うと、可哀想で、可哀想でなぁ」

「行ってやればいいじゃないですか、こうさん」

逸徒が勢い込んで言った。隣の須美も、もっともだとばかりに大きくうなずいた。

「いやぁ、駄目だ、駄目だ」

こうさんは屈託のない笑い顔をしながら、大きく首を振った。

「今のこんな俺の姿は、とてもじゃないが見せられないよ。娘だって、ホームレスが父親面して現れたら、嫌な気持ちになるに決まっている。これ以上娘をがっかりさせたくないんだ。それに……」

と言うと、一拍置いてからポツリとこう言った。

「がっかりした娘の姿を見て、俺もがっかりしたくないんだよ。すまないな、あんたたち。俺は傷付きたくない、弱い人間だからな」

すると、そこで萌波が急にスックと立ち上がった。それを驚いて見ている逸徒と須美を尻目に、こうさんの顔のすぐ近くまで自分の顔を近づけると、優しさに満ち溢れた涙声でこう言った。

「私にこうさんのお手伝いをさせてください」

「えっ!!」

逸徒と須美が同時に声を上げた。こうさんも驚いた顔でそんな萌波を見ていたが、やがてゆっくりと目を伏せると、静かな口調で言った。

「ありがとうよ、お姉ちゃん。お姉ちゃんが神様だったならよかったな。だがその気持ちだけで十分だよ。もう俺の人生はどうしようもないとこまで来ちまったんだよな」

＊　＊　＊

「ねぇ、萌波さん」

口数少なく、後部座席の窓から外ばかり見ている萌波に、須美が声を掛けた。ふと我に返ったように助手席の須美に目を向けると、萌波は「何ですか」と言って笑顔を浮かべた。

「本当にこうさんでいいんですか？　結果がいいほうに出ればいいけど………」

「ええ。私こうさんの力になってあげたいんです」

「もちろんこちらで力は尽くすとしても、最終的に娘さんに受け入れてもらえるかは正直微妙なところじゃないかな」

逸徒も言葉を慎重に選びながらそう言った。だが萌波はまるで確信でもしているかのような言い方で次のような言葉を口にした。

「娘さんが喜んでくれるのは間違いないですよ。だって………。私もあんなお父さん欲しかったから」

＊＊＊

「須美、僕はどうすればいいんだろうか」

探偵事務所の机でぼんやりした顔の逸徒が、虚ろな目でパソコン画面の同じ箇所を見ながらポツリと言った。須美も逸徒の言葉に呼応するように、大きなため息を一つついた。

「あんなに優しくて思いやり深い人なのに、彼女の中にまったく違う性格を持つ別の人格が住んでいて、いつもの思いやりの塊のような表の顔とは正反対に、他人をおとしめようとする企てをしてるだなんて……」

「『魔女ドゥマン』だったよね……？　私もそのギャップに、正直理解が追い付いていかないよ」

須美はさらに言葉を継いだ。

「私の1000人いる知り合いの中に、サイコパスと呼ばれる道徳心や他人に対する情を解さない人間たちは、確かに何人かいる。でも多重人格者と呼べる相手は一人もいない。だから私にとっても、萌波さんは初めての症例だ。正直よくわからない」

『魔女ドゥマン』とは、凜さんが教えてくれた呼び名だけれど、前に永森社長から聞いた名称にはもう一つ、『イエール』というのがあった。綾さんが話していたというこの名前が何を指すのかも、まだよくわからない。

「萌波さんの３つ目の人格を指すのでは？」

「『ドゥマン』が魔女なら、じゃ『イエール』は優しい天使のような存在ということになるのだろうか……」

「私はそうは思わないな。だって萌波さんは、普通の状態でもこれ以上もないくらいに優しい人だからね。優しい『イエール』をわざわざ作る必要がない。だから３つ目の人格は本来の萌波さんとも『ドゥマン』ともまったく違った人物じゃないのかな。仕立て部屋でたぁくんの頭に針を突き刺していたのは、『ドゥマン』のような気がするけど」

「萌波さんが虐待を受けていたのは、もう20年も前で、もうその傷が癒えていてもおかしくないほど昔の話だ。でも普通よりも繊細で壊れやすい彼女にとって、その時の傷は深くて、おそらく彼女には受け止め切れないほど大きかったんだろう。彼女が緊急避難的に別の人格を作って、自分ではない誰かに逃げ込んだとしても、仕方ないことなのだと僕は思う。ただその時に、過剰防衛を通り過ぎて、理不尽に他人を攻撃するような性格をも生んでなければいいが、と思うだけだ。『イエール』がもう一つの逃げ場だったとして、『ドゥマン』よりも害のない人物であることを願わずにはいられない」

「恋する男は切ないな、逸徒」

逸徒と須美が振り向くと、音もなく塔麻が2人の後ろに立っていた。が、いつものふざけた様子はまるでなく、ひどく硬い表情をしている。

「おまえには気の毒な話だが、萌波がやっていることは、ひょっとすると過剰防衛という範疇を軽く飛び越えたものかもしれないぞ」

塔麻はなおも深刻な表情を崩すことなく、言葉を続けた。

「萌波を養子として育てた永森社長の娘、綾とその夫の賢司が2年前に火災事故で亡くなった話は、おまえたちも聞いて知ってるよな?」

「ええ、萌波さんの説明で知っていますよ。その時萌波さんがたくさんの涙を流したという話をされていました」

「実はあれは事故ではなく、放火だったのではないかと俺は疑っている。しかもその容疑者の筆頭格は萌波だ」

「えっ!!」

逸徒は驚きの声を上げた。前部分を浮かしていた椅子が、バランスを崩して後ろに転びかけた。

「礼子が萌波を掴んで揺さぶったあの日、礼子は萌波に、『あんたがやってきたひどい所業のこと』という言葉を口にした。そしてそれを聞いた瞬間、俺はその言葉の意味を確かめなければと思った。で、あの時、おまえが萌波と北日本総合地所を出ていった後に礼子に率直に訊いてみたんだ。『さっき話したことは、萌波のどんな行動を指しての中身ですか?』とね。すると礼子はこう言った。『私は確信を持って言いますけどね、綾さん夫婦を放火によって殺したのは、間違いなく萌波よ。家族の中で萌波だけが難を逃れていることを考えても、そのおかしさがよくわかるでしょう』と。かなり突飛に思えるその話に、俺はその時、何も言わずにあの場を引き上げたが、その後、警察時代の俺の後輩の山口という男からこの件の詳細を聞くことができた。山口は担当者だった男だから、これ以上確かな情報源はないが、それによれば確かにこの件には不審な点がいくつかあるんだ」

「不審な点?」

「捜査において放火である決定的な証拠が出なかったため、最終的には事故ということで処理されている。が、考えてみると確かに不自然なことがある。事故の直接の原因は、天ぷら鍋がかけられたコンロの火を消し忘れたことによる、鍋が過熱し過ぎたことによる出火ということになっているが、これは火災が起きた家の現場検証によるものだ。大抵の場合、一番激しく燃えているところが出火場所だからだが、それがこの場合鍋付近だった。だがまず第一の疑問点は、賢司はもともと料理をしない人なので、あの日天ぷらを揚げていたのは綾以外には考えられないのだが、そもそも綾は天ぷら料理をそれまで一度も家で調理したことがないのだ。これは礼子のみならず、永森社長も証言しているから、間違いのない事実だ」

「えっ、綾さんは天ぷら料理を調理したことがない？」

「一度もですか？」

「ああ。北須賀家に天ぷら鍋があったのは、どうやら萌波がたまに天ぷらを揚げることがあったかららしいが、その日は火曜日で、萌波自身は永森社長の家で社長の面倒を見ていたから、北須賀家で萌波が天ぷらを揚げたという事実はない。この天ぷら鍋からの出火というのがまずおかしな点だ」

「だから萌波さんは火災に巻き込まれなかったんだ」

綾夫婦と同居していたにも関わらず、萌波が被害から逃れた原因を知って、須美がなるほどという顔をした。

「そして次なる疑問点は、事故が起きたタイミングだ。普通天ぷらは夕食のおかずとして揚げられるから、仮に天ぷら鍋の過熱が原因としても、夕食から間のない時間帯ということが考えられる。北須賀家は夜の7時というわりと決まった時間に夕食を食べる家庭だったようなので、仮に鍋の過熱に多少余計に時間がかかったとしても、事故が起きるタイミングが深夜遅くなることはありえない。これは実際の実験で確かめられていることだが、鍋は火に掛けられた状態で、20分放置されれば300度に達して火災がいつ起きてもおかしくない状態になるようだ。だが北須賀家で実際に火災が起きたのは午前0時を過ぎてからだ。そんな遅くに調理をすることなど、普段の綾ならありえないと礼子は言っている」

そこまでを黙って聞いていた逸徒だったが、そこで塔麻の顔を見ると次のように尋ねた。

「ただ仮に誰かが意図的に火災を発生させたとしても、それが萌波さんの仕業ということにはなりませんよね？」

「ああ、もちろんだ。これだけの話で萌波が怪しいと言えるものではない。礼子が萌波の犯行だと決め付けているのは、彼女の思い込みによるところが大きいと俺は思う。礼子の話を丁寧に聞いたが、彼女の中には、児童養護施設出身の萌波に対する不信感が渦巻いていて、萌波のことは頭から出自のよくわからない怪しいヤツという決め付けがあるように思う」

「萌波さん、可哀想……」

「だが一方で、萌波が犯行を行うことが可能だったというのもまた事実だ。永森社長と一緒に萌波が作った夕食を食べるのは、火曜日の場合、仕事を終えて車で移動しながら買い物をし、萌波が料理を作った後になるので、夜の8時を回るのが常だと永森社長が証言しているが、食事さえ終わって洗い物さえ済めば、萌波の体は完全に自由になる。それから車で15分ほどの北須賀家に戻ることももちろん十分に可能だ。永森社長が寝付くのは午後10時頃で、寝入りは良いほうらしいので、その後であれば、誰にも気づかれずに萌波は車で出かけられる。そして犯行後にまた永森家に戻っていても、誰にも気づかれない」

「でもそんなこと言ったら、そこら辺を歩いてる通行人にだって犯行は十分に可能じゃないですか」

「いいや、それはたぶん不可能だ。というのも北須賀家の玄関は電子ロック式の鍵で、鍵を持たない人間が玄関から入ることはほぼ不可能だからだ。後の調べで、鍵が壊されていた形跡はなく、火災時に鍵が掛かった状態であったこともわかっている。もっとも裏にある納屋の一角から家の中に入ることは可能だったらしいが、一部とても狭い箇所を通らねばならず、そんなこと家族か身内以外に知る訳もない。暗い時間帯に第三者がそれをするのはまず不可能だ。北須賀家の鍵を持っているのは、綾と賢司と萌波だけ。つまり状況的には、萌波が一番怪しいということになる」

「ありえない。萌波さんも言っていたように、実の娘のように自分を育ててくれた綾さんたちを殺すだなんて。だって、自分の中にこんなにもあるんだと思えるほどの涙を流したと、彼女言ってましたよ」

気色ばむ逸徒の言葉に、塔麻は首をゆっくりと上下に振って、落ち着け落ち着けといった仕草をした。

「可能性だよ、逸徒。我々はあらゆる可能性を排除しないで、現実と向き合わないと」

「わかっていますが……」

険しい顔で逸徒はまぶたを閉じた。逸徒がまぶたの裏にその像を投影する萌波という娘は、どこまでいっても、とろけるような優しい笑顔で他人を魅了する、思いやりの塊のような存在なのだった。

……まさかそんなことは、ありえない………そんなことは………

その時逸徒の頭の中にとある単語が浮かび上がった。逸徒は激しく首を振って、それを自分の中から追い出そうと躍起になった。が、逸徒が打ち消そうとすればするほど、それはこだまのように、逸徒の体全体で共鳴を繰り返した。それは、凛の口から聞いたあの忌まわしい呼び名だった。

………魔女ドゥマン………

美織と琴里

「失礼ながら、坂野美織《さかのみおり》様ですか？」

とある大手ホテルから吐き出されてきた人波の中で、ひときわ足早に出てきた女性の一人に榊は声をかけた。女性は、驚いたように榊を見て、「はい。でもあなたは？」と、少し訝しげに尋ねた。美織と呼ばれた女性は、年の頃30代後半ほどで、白を基調にした清楚な雰囲気の服装をしている美人と呼ばれる部類の人物だった。

「パーティー直後でお疲れのところすみません。私は榊と申す者です。あなた様のお力になりたいと思っておりまして」

「はぁ」

美織の怪訝な表情はさらに加速したが、榊が差し出した名刺を見て、さらに首を傾げる仕草が加わった。榊の肩書きとして、北日本総合地所の本部推進室長とあったからだ。

「不動産屋さん………ですか？　私、不動産に興味ありませんのですみません」

そう言って足早に去ろうとする美織に、榊は慌てて次の言葉を投げかけた。

「違います、違います。あなた様にお会いしたいという男性がいるんです。失礼ながら、あなたが婚活をされていることは存じ上げております。今参加されていたのも婚活パーティーだと認識させていただいておりますが」

「確かにそうですが、どこで私のことをお聞きになったのですか？」

「すみません。そのことも含めて、ここで立ち話もなんですから、もう一度ホテルのラウンジにある喫茶店に一緒に戻っていただけませんか？」

そこで少し迷っている様子の美織だったが、誠実そうな榊の顔をもう一度見直して時計に目を落とした後、「わかりました」と返事をした。

「で、私のことはどこで？」

カフェで1杯1500円もするホットコーヒーを注文するなり、美織は尋ねた。榊も同じものを頼みながら、「すみませんが、その質問には答えられないんです」と慇懃そうなしわを顔に刻みながら答えた。

「ですが、あなた様のお力になりたいというのは本当です。とある方からの依頼です。詳しくは言えないんですが、社会貢献のこれは一環なんです」

「社会貢献？」

かなり怪訝そうな抑揚で美織が聞き返した。婚活中の女性への手助けが社会貢献とは、確かによくわからない説明ではある。だがいかにも反応に困った風にきょどっている様子の榊を見て、美織はまるで誠実を絵に描いたようなこの年配の男の困り顔が、だんだん可哀想に思えてきた。

「で、私に会いたいという男性とは？」

「それが……その……」

と言うと榊は口ごもった。

「本当はそんな人いないってことですか？　つまりあなたは騙して私をここに連れてきたって訳ね？」

これまでよりも語気を強めて放った美織の言葉に、さらに追い込まれた様子で、さかんにおしぼりで額の汗を拭きながらどう答えていいかと慌てている榊を見て、美織は思わずぷっと吹き出してしまった。

「あなたはおそらく不動産に関してはプロで、交渉はお上手なんでしょうけれども、女性を口説くのには慣れてらっしゃらないようね」

「はい。その件について否定するつもりはないです。私には恥ずかしながら、異性と絡んだ経験が妻以外ありません。妻とも最初のお見合いで結婚した間柄でして」

そこでもう一度、いかにもおかしそうに美織は笑った。

「悪い方ではないことはわかりましたが、話の中身を手短に説明していただけますか」

するとようやく安心した顔つきになった榊が、真剣な口調で次のように話し始めた。

「ありがとうございます。話としては、単純なことでございます。あなた様のお相手探しを全力でさせていただきたいと思っているのです。もちろん今回のことはあなた様へのお手助けとしての事業ですので、あなた様にお金を請求することなどは一切ございません」

そこで再び美織は首を傾げて榊を見た。

「それがよくわからないわ。私の手助けをしてあなた方にどんなメリットがあるのか」

「それはその………。詳しくは言えないのです」

「でもそれでは私のほうで納得ができないわ。では質問を変えましょうか。なぜ私だったんですか？　他にも結婚できないで困っている女性は山のようにいるのに」

「正直に言わせていただきます。それは、失礼ながらあなた様が婚活による疲労から、鬱と言ってもいいほどの状態に陥っておられて、心療内科に通われているということをとあるつてで知ったからです。病院の先生は守秘義務がおありなので、もちろんそちらから聞いた訳ではありません。ただ情報の入手先については、先方に迷惑がかかってもいけませんし、あまり詮索していただかないほうがよろしいかと思います」

「ふ〜ん、そういうことですか。もう知られてるなら隠しても仕方ないのでお話ししますが、確かに私はそのことではかなり精神的な面でネガティブになっています。心を病んできていると言ってもいいほどに。もう5年近くも婚活してるのに、まったく結果に結び付いてないんですからね。奥さんを一発でツモれた幸せな榊さんにはピンと来ない話でしょうけれど、婚活ってほんとに疲れるんですよ。どんな人でも長くやってると精神へのダメージが結構蓄積されていきます。もともとは私だって暗い性格ではないんだけど、これはそういう問題とはまた別なんですよね」

まるで辞令でも受けとる会社員のように、ひと回り以上も年下の自分の話を真剣な顔つきで微動だにせずに聞いている榊を、美織は含み笑いを押し殺すような顔で、改めて念入りに観察し始めた。そして自分の中でとある確証を掴んだ美織は、榊の顔を何かを探るような目で見ながら次のような質問をした。

「榊さんはお酒をお飲みになる？」

「え、はい。たしなむ程度ですが」

「ではこれから私に付き合ってくださらない？　親友の体が空かないので、今日は一人で今月の反省会でもと思っていたのだけれど、あなたが付き合ってくれるならちょうどいいわ。私のお手伝いがしたいというのなら、今夜私に付き合ってくれるのが条件です」

「あ、はい……。了解いたしました。では費用はこちらで持たせていただきます」

「そう。それはよかったわ」

その後、近くのタクシーを呼んで、２人は榊が指定した店へと車を走らせることになった。見ず知らずの男と２人きりで、しかも男指定のお店に飲みに行くなど、普段の美織ならまったく考えられない行動だったが、榊の全身からにじみ出ている誠実さだけでできているような不思議なオーラが、美織の警戒心を限りなくゼロに近づけていた。

車は北の方角に30分ほど走って止まった。そこは郊外の住宅地のようなところで、お店らしいもののまるでない一角だったため、瞬間的に美織は榊の顔を見て、身をこわばらせた。

「大丈夫ですよ、美織様。さぁこちらです。先ほど連絡しましたところ、巌さまもぜひお会いしたいということでした」

「巌さま……？」

榊が迷いなく歩いていく先には、地上3階建ての大きな建物があった。1階部分にはまるでカフェのように規則正しくガラス窓が並んでおり、その外側には立派なガーデンに食い込む形でテラス席があって、さしずめ灯りの消えた高級レストランといった趣であった。でも美織がいくらエントランス周辺を見回しても、不思議なことにお店の看板らしいものはまったく見当たらなかった。

「ここは巌さまのための個人レストラン『アグレイア』でございます」

建物の内外をしげしげと見ていた美織の疑問に答えるように、榊がそう言った。

「ああいらっしゃい。美織さんとおっしゃったかな。わしはここの主の永森巌です」

まるっきり内装までレストラン仕立てのその建屋の奥まで進むと、朗らかな顔をした老人が明るい笑顔で美織を出迎えてくれた。

「こんなお美しい方とご一緒できるんだから、今日はバーのほうで飲むとしようか。榊も付き合えよ」

「かしこまりました」

私はお爺さんではなくこの榊さんと飲む約束をしたのだけれどと、美織は心の中で思ったが、老人の明るい表情に逆らうことができず、とりあえず流れに任せることにした。

「さぁ、こっちにどうぞ」

巌はさらに奥のほうへと美織を導いた。すると、まるで洒落たショットバーのような一室へと辿り着いた。仕立てのいいスーツを着込んでポマードで髪をテカテカに固めた年配のバーテンの背中には高さ2m以上はある高さの棚に、びっしりと酒の瓶が並べられていた。バーテンは美織にうやうやしく頭を下げて、「ようこそいらっしゃいました」と渋い低音で挨拶をした。

「驚いたような顔をしているな、美織さん。この建物は今はうちの会社で使うための、言わば社員のための施設と言ってもいい場所なんだ。と言ってもほとんど使ってるのはわし一人だがね、ふふふ。もともとはわしの知り合いがやっていたレストランだったのだが、そいつが体を壊してお店を続けられなくなったので、わしが引き取らせてもらったという訳だよ」

美織は飲みたいものを聞かれて、赤ワインと答えた。するとバーテンが、葡萄が取れた年についての専門的な説明を加えながら、ヴィンテージものだというブルゴーニュ産のワインを開けてくれた。美織がワインを一口頬に含んで、その味わいに感動しかけたその時、給仕の女性によって、美織の目の前のバーカウンターの右から左までを塞ぐほどにたくさんの料理が次々と運ばれてきた。サラダ、唐揚げ、揚げ出し豆腐、パスタ、焼き鳥、石焼きビビンバ、ヒレステーキ、ピザといった具合で、居酒屋のメニューを端から順番に頼んでいるかのようなそのメニューにはまるで一貫性がなかったが、美織が一旦口を付けてみると、驚くべきことにそのどれもが専門店に匹敵する味のクオリティーを保っていた。

「適当に持ってくるように言ったから、他に食べたいものがある時は言ってくださいよ。遠慮せんようにな。遠慮してもここでは誰も褒めてくれやせんよ、ふふふ」

そう言って巌はにっこりと笑った。美織はそれからしばらくの間、美織が好きなスペイン旅行の話を糸口に、普通とはスケールの違う巌の海外旅行の話などを聞きながら、ワインとともに目の前に並べられた美味しい料理の数々に舌鼓を打った。面白い中にも含蓄のある巌の話は隣でただ聞いているだけでも不思議に気持ちが豊かになり、部屋のあちこちに配されている洒落た調度品などをぼんやりと見て、美味しい料理を食べて大好きな赤ワインを飲んでいるうちに、美織はここしばらくの間、硬直化していた自分の心が、不思議なくらい徐々にほぐされていって、胸が満足感で満たされていくのを感じていた。巌のさらに隣には榊が美織の話を聞き漏らすまいと真摯な眼差しでこちらを静かに見守っていたが、暗い室内の雰囲気の手伝いもあり、巌と榊とが醸し出す包容力に満ちた安心感に、美織は頭のてっぺんから爪先までを完全に浸されていた。

「なかなかにご苦労されていると聞きましたが、どこら辺が難しいのですか？　あなたが今取り組まれている婚活というものを、一つわしにも教えてくださらんか？」

巌のその一言が、美織のこれまで溜まっていた心の澱のようなものを一気に解放することになった。美織は巌のほうに向き直ると、解決できないまま積み残しになっている心の奥にあるあれこれを、まるで小学生が同級生の不祥事を担任の先生に告げ口でもするかのような勢いで話し始めた。

「まさか私が相手探しでここまで苦労するとは、夢にも思っていませんでした。確かに出だしが遅かったのは事実です。でもそれがこんなにも事態を悪くするだなんて」

「美織さんは見たところとてもお綺麗な方だから、若い頃はさぞかしおもてになったでしょうな」

「ありがとうございます。ええ、正直に言って、若い頃は言い寄ってくる相手は星の数ほどいました。30に入ってすぐくらいの頃までは、かなり年収の高い相手からも誘われていました。これまで結婚を申し込まれた相手も1人や2人ではありません」

「その時に結婚をお受けにならなかったのはなぜですかな？」

「今に思えば、自分に対する過信があったのでしょうね。自分にふさわしいのはもっとレベルが上の相手だと思って、その都度お断りをしてしまっていました。でもそろそろ本腰を入れて婚活をしようと34くらいからいざ活動をしてみてびっくりしました。かつて私がお断りを入れたレベルのお相手どころか、同年代の男性からはまったく見向きもされませんでしたから。自分的にはかなりレベルを下げたつもりの相手に申し込んでも、ことごとくお断りをされる状況は、自分にとって屈辱でしかありませんでした。たまに申し込んできてくれる相手は10歳も20歳も年上の男性ばかりで、写真を見ると、どう考えても私には無理だと思えるような方ばかりでした」

美織の言葉は陰鬱な響きを伴って、ショットバーの暗闇の空間に吸い込まれていった。

「わしは詳しくないのでよくわからんのだが、相手に申し込んだり申し込まれたりは、どういうところでするんですか？」

「最初はお金のかからない婚活アプリを使っていましたが、既婚者や遊び目的の人が多いことに気づいて、やはりちゃんとしたところで活動しようと、お金はかかりましたが結婚相談所に登録しました。今お断りをされたと言ったのはこの時の話です。独身証明書や年収の裏付けを出したきちんとした人たちが相手なのでそれはよかったのですが、今度はお会いできる方の中に、今言った通り私が良いと思える相手がまったくと言っていいほどいませんでした」

「今日は、そのためのパーティーの帰り道で榊とお会いしたとか」

「ああ、今日のは婚活パーティーと言って、相手と知り合うための一時的なイベントみたいなものです。でも男性はみんな若い子のほうにばかり行ってしまうので、アラフォーの私になんかめぼしい方はほぼ来てくれません」

「それだけお美しいし、しっかりもされているのに、残念なことですな」

「もうだんだんどうしていいのかわからなくなってきました。断られ続けると、自分は価値のないどうしようもない人間なんじゃないかと思えてきてしまって、精神的に凄く落ち込むんです。心療内科の先生のもとに通うようになったのは、ここ半年ほどです」

「先生は何と？」

「婚活をする時期と休む時期を定期的に取って、精神的な負担を軽減するようなやり方をしてくださいと言われました。でも私はもう若くないので、休む時期なんて取っていたらますます状況が悪化しそうで……」

「そう言えばさっき美織さんは事務職をされていると言われましたが、お仕事のほうはうまくいっておられるんですか？」

「仕事自体に問題はありません。ただ大会社の社長さんの前でお恥ずかしい話ですが、手取りで月20万ちょっといただいていて、お家賃で7万ほどは取られるので、生活はそれほど余裕のあるものではありません。婚活の活動にも結構お金がかかりますし。早く結婚したいと思うのは、正直そういう側面もあります」

　美織は赤ワインをおかわりしてほおづえをつくと、小さくため息をついた。巌はそんな美織を優しい眼差しで見ていたが、榊に何かを耳打ちされると、次のように言って部屋を出ていった。

「ちょっと中座させていただきますよ。とある人物とちょっと相談せねばならんことがあってな。榊とお話しでもしながら、お料理を食べてててくださいな」

「はい」

マルゲリータピザの角の部分を箸でつまみながら、あれこれ考えていた美織だったが、ふいに思い付いて、巌が抜けて榊と2人になったのを機に、この真面目な男にここまで疑問に思っていたことを尋ねてみることにした。

「なぜ私相手にこんな接待みたいなことをしてくださるんですか？　確かに悪いことを考えてる方たちでないことは私にもわかりますが、ここまでお付き合いしてても、あなた方の意図がまったくわからないわ」

「えと……それはですね……」

額の汗をおしぼりで拭きながら、慎重に言葉を選んでいる榊の話に割って入るように、少し前まで聞いていたしわがれた声が、再び美織の耳に飛び込んできた。

「会社として社会奉仕をしたいと思っている一環だと思ってくださいな」

相談しに行くと言ったはずの用事が、そんなにすぐ済むものなのかと不思議そうな顔をしている美織に、席に戻った巌はさらに言葉を続けた。

「アメリカの大きな企業の話をあなたは聞かれたことがありますかな？　儲かっている者にある部分の利益を困っている人たちに寄付するという行為自体は、富を有している者にとっては当たり前なことなんです。といってもわしらが有している富なんて、世界の富豪に比べたらほんのちっぽけなものに過ぎませんがね。今回わしらがやっていることは、その寄付に当たる部分を、困っている人たちの事情に細かく入っていってその手助けをすることで果たそうとしているということです。困ってる人とひとくくりに言ってもさまざまな中身、程度がありますが、わしらの関与が最も効果的だと思える件に絞ってのお手伝いです。で、今回はその対象がたまたまあなただったということですよ。今別室にいて、この件についての決定権を持っている凜という娘と相談した結果、ぜひあなたを選びたいということになりました」

朗らかな顔で悪びれた様子もなくそう語る巌を不思議そうな様子で見ながら、美織は次のように言った。

「私がこれだけ必死になっても叶わないことが、いくら大会社の社長さんだからって、まるで魔法でも使うように、そんなに簡単に実現できるとは私には思えないんですが………」

「わしに魔法が使えるのなら、あなたを助ける前にまず自分に使いたいものですな。とりあえず50歳ほど若返って、あなたをお茶にでも誘ってみますか？」

「ええ、その時はぜひ」

美織は力なく笑った。だが巌はいたって真剣な表情で言葉を継いだ。

「もちろんわしらは魔法使いではありませんが、わしらにあってあなたにないものがあるのも事実です。もしわしらのお手伝いがあなたにいい結果をもたらすことができなかったとしても、あなたが受ける損失は、一時的に気分が落ち込むくらいのものでしょう」

巌はそこまでを明るい口調で話していたが、そっと美織に顔を寄せると、声のトーンを落として次のように語った。

「ただお手伝いには一つだけ条件があります。それは、これからわしが尋ねる質問に真剣に答えてもらうことです。そしてその質問とは、今のあなたが感じているご自分の幸福値についてです。今お仕事も順調にされている状況も踏まえて、婚活に行き詰まっておられる今のあなたが感じている幸福値は100点満点中の何点だと思われますかな?」

巌はそれが何かの重大事項ででもあるかのように、その答えに注目した。訊かれた美織はテーブルの縁のあたりをじっと見つめながら黙って考え込んでいたが、やがて顔を上げると次のように言った。

「25点です。他人と接している時はそうと悟られないようにわりと元気を装っていますが、その実私は精神的にかなり追いつめられています。このまま結婚できないで終わるくらいなら、生まれてきた意味がないと思いながら、毎日暗い気持ちで過ごしているんです」

すると巌は懐からボイスレコーダーを取り出して、スイッチをオフにした。そしてにっこりと笑うと、

「わしは魔法使いではないが、これはあなたの綺麗な声を閉じ込めておく魔法の箱です。気を悪くせんでくださいよ。今回のお手助けには記録が必要なものでね」

と言ってにっこりと笑った。

チーム麦の作戦会議は、スマホのグループでの打ち合わせ通り、水曜日の午後1時にいつもの作戦ルームで行われた。お茶菓子やコーヒーが入れられたポットやカップ類が使いやすいようにきちんとテーブルに並べられていたが、それらはすべて【チーム麦】のために、萌波が整えてくれていたものだった。部屋を訪れた逸徒と須美に気づいて、柔らかな笑顔をこちら側に向けた萌波の美しい紺のドレス姿を見て、先日塔麻に聞いた、綾

が亡くなった時の状況を思い出した逸徒の頬は、緊張をおびて軽くこわばった。だがそんな逸徒の様子に気づく素振りもなく、萌波は3人分のお菓子を手際よく銘々皿に取り分けた。

「さてそれで、ようやく先方から返事をもらったんですよ、萌波さん。今日はその施設の女の子の話をしたいんですが、いいですか？」

逸徒は懐から1枚の写真を取り出して、テーブルの中央に置いた。萌波と須美とが、食い入るように写真に顔を寄せた。

「ここから70㎞ほど離れた児童養護施設にいる琴里《ことり》ちゃんという女の子です」

普通サイズの写真の中央には、ショッピングセンターらしき場所をバックにした5、6歳くらいの女の子が写っていた。撮影者とあまり面識がないのか、にこりともせずにこちらを見ている。柄がプリントされたトレーナーに茶色のズボンと、いたって普通の身なりをしているものの、誰もが見てすぐに感じることは、かなり痩せていて血色があまりよくないということだった。しかも整ったかわいい顔立ちではあるものの、その表情にはあまり感情というものが感じられなかった。

「琴里ちゃんは今6歳の小学1年生です。両親が離婚していて、実はどちらの親からも引き取りを拒まれています。素直ないい子らしいんですが、心臓に欠陥を抱えていて、本当はもっと小さい時分に手術の必要があり、その時に手を打っていればそれほど難しい手術ではなかったらしいんですが、何らかの事情でそのまま何もせずに放置された結果、今命の危険に晒されているということのようですね。手術をしなかったのは、そのまま母親の怠慢によるものか、手術費用を捻出できなかったためか、できても出したくなかったかのいずれかみたいです。琴里ちゃんの下に弟がいるので、いろんな意味で余裕がなかったせいかもしれません。母親は夜のお仕事というところまでしかわかりませんでした」

その時、まばたきもせずにずっと写真に注目していた萌波が、ポツリと言った。

「驚いたわ……。まるで私の子ども時代の写真を見せられているみたい」

萌波は凝視していた写真からゆっくりと顔を遠ざけると、椅子の背もたれに上半身を軽く押し当てて、どこかの壁際に視線を合わせた。

「心臓の病気は、今すぐにでもどうにかしないと命の危険があるようです。ただ施設側としては、ここしばらくは手術する予定はないという説明でした。行政の側から見れば、いつどうなるかわからないものに予算を付けるのは難しいということなんでしょう。ただそれは、はっきり言って責任放棄のように僕には聞こえましたね。琴里ちゃんの心臓がいつ不規則な動きをして、取り返しのつかないことになるかもしれないのに、結局周りの大人たちは、ただ黙って見ているだけってことなんですから」

「可哀想に。さぞや心細いことでしょうね」

「僕も最初はそう思いましたよ。いつ何があるかもわからない状態に置かれているなんて、どんなに不安で暗い気持ちでいるんだろうって。でも実は、琴里ちゃんはその心細さを感じていない可能性があるんです。というのも、琴里ちゃんがまだ幼いこともあり、施設側では彼女にそのことを知らせていないらしいからです。だから知っているのは周りの大人たちだけで、おそらく本人は問題の本質をいまだにわからないまま暮らしているんです」

「それはまずいよね」

３人分のカップにポットのコーヒーを入れながら、眉をひそめるようにして須美が言った。逸徒はそれに小さくうなずくと、これまでよりも声を低めて、続きの話を口にした。

「で、今回の案件を僕が難しいと思っているのはまさにこの点です。本人が知らないのならば、彼女は今の状況をそれほど不幸だと思っていないのかもしれない。でももしそうだとしたら、これってとても厄介なことだと思いませんか？　だって最初の出だしの幸福値の数値に、今の彼女が置かれている危機的な状態が反映されない可能性があるってことなんですから。つまりそれは幸福値ゲームを戦う僕たちにとってとても不利なことでもあります」

「確かにね。かと言って幸福値ゲームに勝つために、彼女にそれを教えるのは何か違うような気もするし……」

迷いを多分に含んだ須美の言葉を静かに聞いていた萌波は、やがてゆっくりと口を開いた。そしてそのかわいらしい口もとから溢れ出てくる愛の言葉の数々は、まるで淀みなく流れる河のように、この部屋を思いやりのピースで埋めていった。

「幸福値ゲームはこの際忘れてください。そんなことではなく、琴里ちゃんにはきちんと事実を教えてあげましょう。伝え方さえ間違えなければ、琴里ちゃんはちゃんと理解してくれるはずですから。もし私が彼女なら子ども扱いしないで、きちんと教えてほしい。だって自分の命に関わることですもの。手術についての市の予算が出る出ないの話については、心配はいりません。その時は私が全力で力になります」

凛とした瞳できっぱりとそう言い切る萌波を見ながら逸徒は、時折見せる、愛に溢れた彼女の勇敢な姿に率直に驚いていた。こうさんの時もそうであったように、こういう局面において萌波は、信念を持って動く博愛のジャンヌダルクのような姿を見せる。問題は彼女が考えていることに反旗を翻す、もう一人の人間が彼女の中にいるのかという点だったが、逸徒が穴の空くほど萌波の綺麗な顔を眺めても、そこには残念ながら、本来の彼女以外の別の要素は何も書かれていないのだった。

………彼女の中に、『魔女ドゥマン』を探すことはできない………

一旦彼女から視線を外した逸徒は、萌波という謎多き娘とのこれまでの出来事を、無意識のうちにまたも一から考え直している自分を発見するのだった。

「確かにここまでの話を聞いたら、琴里ちゃんを助けてあげなきゃって気にはなるよね」

カップを両手で抱えた須美が、目線の高さにあるどこかを見つめながら言った。

「ええ。幸福値ゲームとは関係なく、私はこの子を助けてあげたいと心の底から思います」

萌波の声は、揺るぎない力強さと透明な純粋さで溢れていた。現実に引き戻された様子の逸徒が、萌波に顔を向けながら言った。

「この話をすれば、おそらく萌波さんはそう言うだろうなと思ってました。責任を持つ覚悟で琴里ちゃんに状況を説明してあげれば、幸福値を正しく認識する問題もなくなるかもしれません。ただリスクは少なからずあります。今の時点での手術にはそれなりの危険が伴うってことです。専門医の話によれば、成功確率は8割。2割はうまくいかない可能性があります。その場合は、命に直結するということです」

「でも何もしなければ、長生きは難しいのですよね？」

「と聞いています。だから手術は必須だと僕も思います」

「こちらで手術の費用を持つということに関して、施設側では何か言ってるの？」

須美の問いかけに、逸徒は冴えない表情で、次のような説明を加えた。

「うん。あくまでも仮の話で僕もそれを聞いてみたんだけど、実はそれに関してはあまり色良い返事をもらっていないんだ。おそらく自分たちの仕事に他者が介入することを快く思ってないからだろうけど。『琴里ちゃんの命が最優先じゃないんですか？』と僕も電話口で語気を強めて言いそうになったよ。ただ施設側とあまり関係をこじらせてもいけないからね」

「後は施設に伺ってからのお話ですね」

覚悟を決めてまっすぐに進もうとしているらしい萌波の強い瞳は、どこまでも綺麗に澄んでいて、曇り一つないように逸徒には思えた。もしこの精緻にできたフランス人形の中に別の人物が住んでいて、どこかでスイッチが入る裏切りのカラクリ人形だというのなら、そのボタンは誰が、どんな目的で押すというのだろうか。そしてそこにはたして、萌波自身の意図はどれくらい関わっているのか。理解の幅を越えて、苦悩の色を濃くする逸徒の横顔を静かに見つめながら、須美も同じ迷路の中をずっとさまよっていた。

「萌波ちゃん、おじさまがお呼びよ」

ノックとともに凜が顔を覗かせ、そのまま萌波とともに姿を消していった。須美はテーブルの端にちょこんと座っているたぁくんを手に取ると、あちらこちらと向きを変えながらその全身を観察し始めた。

「僕も何度か見たよ。ぬいぐるみにまち針を刺したところで、跡など残ってる訳ないだろ」

「ふふふ、じゃあたぁくんに関して言えば、完全犯罪が成立だ」

須美の言葉に苦い顔をしながら、逸徒は黙り込んだ。

幸福値ゲームのゴングが鳴った！

やすらぎ児童園という名前の掲げられたその児童養護施設に到着した萌波と逸徒と須美は、保田《やすだ》と名乗る60代半ばほどの女性が待っている園長室へと通された。保田は眼鏡をかけた、痩せている人物で、優しい顔つきながら鋭い視線で、常に相手の観察を怠らないような人物でもあった。3人がおのおの自分の名刺を差し出すと、保田も丁寧に自分の名刺を渡しながら、3人に来客用のソファに腰を下ろすように促した。

「琴里ちゃんですね。ここに来てから1年くらいになります。とてもおとなしくて、あまり感情を表に出しませんが、素直な優しい子です」

「心臓に疾患を抱えているとか？」

逸徒の問いかけに保田は3人の顔を見比べると次のように言った。

「失礼ながらここから先は、一般の方にはお話しいたしかねます。奈良輪さんにはお電話でもお話ししましたが、これはこの施設で保護している児童の個人的なことにもなりますので、私どもにも守秘義務があるからです」

「僕たちは確かに部外者ですが、琴里ちゃんの力になりたいんです。実は名刺にもある通り、僕はとある興信所に所属していて、琴里ちゃんのことはすでにかなりのことまで調査が済んでおり、大体のことは存じ上げております。彼女の命を守るという観点から、どうか現実的な立場に立ったお話をさせていただけませんか?」

逸徒の話に園長は黙り込んでしまった。彼女の中で何かと何かが葛藤しているらしいことはわかったが、逸徒には静かに園長の答えを待つしか手立てがなかった。

「お気持ちは嬉しいのですが……」

苦い表情を顔に浮かべて保田がそう言いかけた時、萌波が口を開いた。

「こちらの施設に直接寄付をさせていただくことは可能ですか?」

「え、寄付ですか……。ええ、それはまぁ……」

「寄付の額には決まりがあるのでしょうか? 例えば一口おいくらとか」

「いいえ、それはありません」

「寄付をされることでこちらの施設が被るデメリットは何かございますか?」

「いいえ……。施設運営のためのお金は予算立てがしてあり、もちろんきちんと確保されてありますが、それ以外の部分で寄付金があることで運営上とても助かっているのは事実です」

「もし琴里ちゃんのことに私たちが関わることをお許しいただけるのなら、それなりの額をご用意させていただきます」

そう言うと萌波は自分のポーチから小切手帳を取り出して、３人が見守る前で額面１００万円の小切手を切ると、保田の目の前にそれを置いた。保田は突然のことに目を丸くしながら、小切手と萌波の顔とを交互に見比べた。無理もない。コスプレの要素を感じさせる服の年若い娘が、いきなり額面１００万円の小切手を振り出したところで、現金ではない以上、銀行で本当に現金化できるのか疑われても仕方のないところだ。そんな気配を察知した逸徒が慌てて補足の説明を加えた。

「名刺にあるように萌波さんが所属する北日本総合地所は、不動産を多数所有している、この業界では知らない者のいない超優良な企業さんなんです。彼女はこう見えても社長からの信認が厚い秘書さんで、それなりの額の決裁権をお持ちです」

「北日本総合地所という名前は一般の方には馴染みのない響きかもしれませんが、逸徒さんが今言われたのは本当のことです。このあたりでわかりやすい例を挙げれば、ここから数㎞南に行った先にあるパシオンレジデンスという10棟に分かれた12階のＲＣマンションは、うちが設計建築販売をして今は管理や不動産仲介までをしている都市型マンション群です。このあたりの方なら名前くらいはご存知なのではないですか？」

「ああ、それならよく知っています。その４号棟にうちの両親が入ってますから……」

そう言うと保田は、なおも小切手を凝視しながら何かを考えているようだった。すると萌波がさらに言葉を続けた。

「その額では足りませんか？」

萌波が一度しまった小切手帳をもう一度取り出そうと、ポーチを開け始めたところで、保田が慌てて声をかけた。

「いえいえ、もう十分です。わかりました。寄付はありがたく受けさせていただきます。寄付をされた方はうちの施設にとって、立派な支援者という位置付けになるので、施設運営をする者に準ずる立場ということで、それでは琴里ちゃんのこともお話しさせていただきます」

保田の言葉を聞いて、３人はほっと胸を撫で下ろした。

「琴里ちゃんが心臓の疾患を患っていて、今すぐにでも手術をしなければいけないのは、私たち施設のスタッフはみんな知っています。専門の先生の話では、すぐに手術をしないと命の危険があるらしいです。ただ手術には約３００万ほどかかり、国の制度や市の補助金を目一杯使っても、まだ50万ほどは持ち出しになります。だから私たちは何度もうちの施設の窓口である市の担当課にお願いはしているのですが………」

「目処が立たないんですか？」

「目処が立たないというか………進捗が遅いんです。窓口の担当者に危機感がないのが大きいと思います。口には出しませんが、今が元気ならいいじゃないかというニュアンスが感じ取れます。琴里ちゃんの体は一刻の猶予もならないというのに。もちろんそこには、窓口を納得させるだけの説明ができない私たちの力不足もあるのかもしれません。今、市のほうでは国からの地方交付金が年々減らされているため、すべての部署で前年度比での予算減を余儀なくされているんです。もちろんこの施設の予算も減少される傾向にある中で、とてもそんなところにお金は使えないというのが市の本音なのでしょう」

「でもそれでは琴里ちゃんの命が………」

「ええ、ですから私たちも正直気が気じゃないんです。スタッフで一度話し合って、琴里ちゃんのための手術代をみんなで出し合おうとしたのですが、集まったお金は必要な額の5分の1ほどにしかならなくて……。職員にも生活があって、みんな子どもさんもいるし、決してどこの家も裕福な訳ではないので、それ以上無理強いはできませんでした……」

萌波は身を乗り出して、きりっとした目で保田の顔をその瞳の中心で捉えると、力と優しさのこもった言葉を彼女に対して投げかけた。

「琴里ちゃんの件を私に預けていただけませんか？　実は私もここと は別の児童養護施設の出身なんです。私にも心臓の疾患があり、今私が勤めてる会社の社長にアメリカまで連れていってもらって、ドナーからの提供を受けたことで今ここにこうして元気でいることができているんです。琴里ちゃんのことは、私にとってとても他人事とは思えません。彼女が元気になるまで、途中で無責任に投げ出したり、彼女の心を傷付けるようなことは決してしないとお約束します。行政では捻出できない手術費やその他の費用は私が全部持ちますから、どうか琴里ちゃんを私に任せてほしいんです」

真剣な様子で話す萌波の目をじっと見ていた保田だったが、やがてうなずくと次のように言った。

「わかりました。あなたの言うことを信じます。琴里ちゃんに関係することで、あなたが必要だと思われたなら、特別にこの施設から外出する許可も与えましょう。このままではあの子は浮かばれないとみんなが心配していたことの、これが解決に結び付いてくれることを強く願っていますね」

「ありがとうございます、園長先生」

「ただ彼女をここに連れてくる前にひとつだけ気を付けてほしいことがあるんです。彼女は自分に心臓の疾患があることは知ってますが、それがかなり危機的な状況で、今も命の危険に晒されているということは知りません。手術の目処も立たない中で、無責任にそれを教える訳にはいかないという判断からです。ですからそういったことをうかつに口にしないでください」

それだけを言うと保田は、琴里と会う際に自分がいたほうがいいか、いないほうがいいかと萌波に尋ねた。少し考えてから萌波は、自分たちだけで会わせてくれるように保田に頼んだ。

「普通なら子どもが怖がるから、絶対に初対面の相手に単独で会わせるなんてことはしないんですが、あなたなら大丈夫でしょう」

保田は柔らかい笑顔を浮かべると、部屋を後にした。やがて職員に連れられて琴里がやってきた。白っぽいワンピースを着て紺の靴下を履いた琴里は、職員に促されて、萌波たちの前でぺこりと頭を下げた。写真で見た時のように表情に乏しいそのかわいい顔は、逸徒も驚くほどに青白かった。

「琴里ちゃん、私は萌波、こちらは逸徒さんと須美ちゃん。私たち琴里ちゃんとお友だちになってほしくて来たの。私とお友だちになってもらえる?」

萌波は琴里のもとに歩み寄り、しゃがみ込んで琴里の目線に自分の目の高さを合わせると、彼女特有の相手の心をとろかすような優しい笑顔でそう言った。琴里は相変わらず、無表情のままこくりとうなずいた。

「よかった。ほらこれ、友だちになってくれたお礼よ」

萌波が紙袋から取り出して琴里に手渡したのは、ここに来る途中に立ち寄ったお店で買った、かわいらしい仔猫のぬいぐるみだった。それを渡されてもなお琴里はあまり表情を変えなかったが、渡されてすぐに自分の左の腕に強く抱え込んだ様子を見て、気に入ってはくれたのかなと逸徒は思った。

「今日は琴里ちゃんのこと、お姉ちゃんにいくつか教えてもらいたいの。琴里ちゃんの好きな食べ物は何？」

琴里はしばらく考えていたが、やがてポツリと言った。

「ドーナッツ」

「じゃあ、行きたいところはある？」

琴里は首を横に振った。

「じゃ琴里ちゃんがどうしても今、欲しいなぁって思ってるものはある？」

「…………」

「すぐには出てこないわよね。うん、わかった。今日はお姉ちゃんたちこれで帰るけど、また来るね、琴里ちゃん」

萌波と握手をして、琴里は駆け足で部屋から出ていった。

「かわいい子じゃないですか」

「ほんと、確かにどことなく萌波さんに似てるね」

逸徒と須美の言葉に、萌波は、「ええ」と言いながら、目尻のあたりに溜まった涙を指で払った。

「あの子を助けられないなら、私が【チーム麦】で戦ってる意味がないわ」

その後、再び部屋に戻ってきた保田と今後の打ち合わせを行って、3人は帰りの途についた。保田と話し合ったことは、

「休日などに琴里を連れ出す場合は、前日までに園長の許可を得ること」

「連れ出した先での出来事は、後で詳しく報告すること」

「食べ物などを琴里に差し入れたい場合は、他の子どもとの公平性を考えて、全員に同じものを差し入れること」

といった内容だった。

「思ったよりいい人でしたね、あの園長」

「ええ」

しかしそれ以上は何も言わず、萌波は帰りの車中でずっと無言のままだった。彼女だけが胸の奥にしまい込んでいる苦しい思い出や、それに絡んだ葛藤のあれこれを、琴里との出会いで思い返しながら、自分の過去の亡霊と懸命に戦っているのかもしれない。そんなことを想像しながら、助手席に座った萌波の横顔に時折り視線を向けつつ、逸徒はただ静かにハンドルを握っていた。

……萌波が琴里に抱いている感情は、本物だとしか思えない。あれが、あの涙が萌波

の演技だなんて、絶対にありえない。ただ問題は、彼女にもコントロールできない自分がいるかもしれないということなんだ……

逸徒と萌波の間に横たわる、２人の微妙な空気を感じてか、須美も車中で一言も言葉を発しなかった。車は雨に濡れたアスファルトを音もなく滑って、家へと向かっていった。

萌波と逸徒が初めてやすらぎ児童園を訪れた４日後の日曜日に、児童園から車で20分の距離にあるファミレスに、琴里と萌波と逸徒に巌を加えた４人の姿があった。琴里を怖がらせないようにという配慮からか、巌は街中では場違いと思える、動物の耳が付いたパーティー用の帽子を被っていたが、その姿を見て逸徒は思わず吹き出した。

「あれが資産数百億の会社の社長だとは誰も思いませんよね。というか、あぶない人にしか見えませんよ」

逸徒のそのささやきに、萌波は逸徒をたしなめるような言い方で、「巌さまの配慮にそんなこと言っては駄目ですよ、逸徒さん」と、逸徒に怖い顔を作って見せたが、萌波にとって怖さを表現しているはずのその顔が、逸徒にはやはりかわいらしいとしか思えないものなのだった。

「さて琴里ちゃん、何にするかな？　食べたいものをここから選んでくれんかな」

巌の動物の帽子作戦が効を奏しているのか、最初は不思議なものでも見るような目で巌を遠巻きに見ていた琴里だったが、だんだん怖さにも慣れてきたと見えて、巌の言葉に素直に従ってメニューに目を落としては、ページを何度もめくってまた戻すを繰り返していた。こういうところに連れてきてもらった経験がないせいだろうなと思いながら、逸徒が興味深くそんな琴里を眺めていると、「君らは何にするんだ」という巌の少し苛立った様子の声が飛んできた。

「ぼ、僕は琴里ちゃんと同じものでいいです」

逸徒が慌てた様子でそう答えた。するとおかしさを噛み殺すようにしながら萌波が、

「じゃ、私も同じものにします」

と、柔らかな笑顔を浮かべながら言った。

「仕方ないな、わしだけ違うものじゃまるで仲間外れみたいじゃないか。それならわしも同じものにするよ」

そして琴里を取り囲む大人たちは、興味津々で琴里の頼むメニューに注目した。する

とさんざん迷った挙げ句、琴里が選んだのは、５５０円のイチゴパフェだった。

「え、琴里ちゃん。今僕たちはお昼ごはん食べに来たんだよ。パフェなら、きちんとしたごはん食べてから頼んであげるから、まずはちゃんとごはんが付いてるやつを頼もうよ」

逸徒のその言葉にも琴里は納得せずに、何度も首を振った。

「琴里ちゃんもお姉ちゃんみたいに大きくなりたいでしょう？　だったらちゃんとごはん食べないとね」

さすがの萌波もこの件に関しては逸徒に同調して、琴里に説得を試みたが、琴里はよほどイチゴパフェに思い入れがあるのか、萌波に言われてもなお、考えを変えようとはしなかった。

「ははは、仕方ないの。大人なら一度言ったことには責任を取らないとな。どれ、萌波くん、タッチパネルに入力してくれないか。イチゴパフェを４つと」

「え、マジですか、永森社長。今日のお昼ごはんはイチゴパフェ？」

「いいじゃないか、逸徒くん。琴里ちゃんに付き合ってやるのもわしらの務めというものだ」

「はぁ」

相変わらず萌波はおかしくて仕方ないという顔をしていた。

パフェが届くまでの時間で、琴里を交えた4人での話し合いが始まった。相手が小さな子どもだということを配慮してか、巌はいつもとは違う優しい口調で琴里に話しかけた。

「さて琴里ちゃん。今日はこちらにいる萌波お姉ちゃんから、琴里ちゃんの心臓の病気についての大事なお話があるんだ。琴里ちゃんにはびっくりするような中身になるかもしれんが、お爺ちゃんやお姉ちゃんが琴里ちゃんの味方になるから、最後まで我慢して付き合ってくれるかな?」

琴里は黙ってうなずいた。巌はにっこりと優しく微笑むと、さらに話を続けた。

「琴里ちゃんは、自分の心臓の病気のことを、どこまで知っているのかな?」

すると琴里は、少し考えてから次のように答えた。

「私が知ってるのは、このまま手術しないでいると、私がもうちょっとしたら死んじゃうってこと」

「えっ!!」

その場にいた大人3人が同時に大きな声を上げたことで、琴里はびっくりして、まだ手にしていたメニューを思わず落としてしまった。

「ああ、びっくりさせてごめんよ、琴里ちゃん。でも君が死ぬなんて話、誰から聞いたんだい？」

逸徒ができるだけ優しい言い方でそう尋ねた。

「園の友だちが言ってたよ。お姉さんやお兄さんがスタッフルームで話してるのを聞いちゃったって。琴里は手術をしないともうすぐ死ぬんだけど、お金がなくて手術ができないって言ってたって」

「君は……強い子だな、琴里ちゃん。それを聞いてもちゃんとしていられるんだから」

巌が顔を悲しみの表情でくしゃくしゃにしながらそう言った。琴里の隣に座っていた萌波は琴里をしっかりと抱き締めながら、涙声で言った。

「そんなことにはしないわ、琴里ちゃん。大丈夫よ」

巌は胸のポケットの膨らんだあたりをポンポンと叩くと、

「今回はこれは用済みだ」

とボソリとつぶやいた。そこに入っていたのは、いつものボイスレコーダーなのだろうと逸徒は思った。

その後、場を明るい空気に変えようと、琴里が好きだと言っていたドーナッツの話題を持ち出した逸徒だったが、巌はドーナッツ自体にあまり関心がなく、萌波は琴里のほうばかり見て話に乗ってくれなかったため、さほど長続きしないままドーナッツの話は終了になった。ただ、届いたイチゴパフェが思いのほか美味しくて、4人の心は少しだけ明るい方向に変わった。琴里が満足そうに食べている姿を見て、やはりイチゴパフェは正解だったのかもと大人たちは心密かに思った。

帰りに立ち寄ったドーナッツ屋で、園にいる児童と職員全員分のドーナッツを購入した後、琴里を園に送り届けて、萌波の琴里との2度目の面会は終了した。萌波が、今回の報告は手紙に書いて郵送しますと園長に告げて出ていこうとすると、一旦中に入った琴里が玄関まで出てきて、萌波のほうをじっと見ていた。

「またね、琴里ちゃん」

萌波がそう言ってにっこり笑うと、琴里は大きくうなずいてとても寂しそうな顔をした。よく見ると左の腕には萌波がプレゼントした仔猫のぬいぐるみがしっかりと抱えられている。琴里は自分にこのぬいぐるみを大事にしてることを見せたかったのかもと思うと、萌波は急に目頭が熱くなるのを感じた。

「可哀想過ぎて、わしはあの子に幸福値を聞くことなど今も未来もできそうもない。だから今回の幸福値の認定はわし自身が行う。あの子の現時点での幸福値は100のうちの10だ。これは凜だって納得してくれるだろう」

巌の言葉を聞きながら、窓の外ばかり見ている助手席の萌波が、ハンカチを目のあたりに当てて小さくうなずいた。

＊＊＊

巌から教えられた住所に到着した逸徒と須美は、客のいる駐車スペースの数台先に車を停めると、大きな3階建ての建物の1階に横たわる看板のないレストランの扉を恐る恐る開いた。

「ああ、いらっしゃい、逸徒さん、こちらです」

屋敷内に2人が足を踏み入れた時、奥から駆け寄ってくる人影があった。それは彼女にしては珍しく黄色の衣装にドレスアップした、際立って美しい姿の凜だった。凜の案内でレストラン『アグレイア』に導かれた2人は、すでにテーブルに着いている巌と萌波の姿を認めた。巌の隣には榊の姿もあり、一同は簡単な挨拶を交わして一つのテーブルに収まった。

「今日は、幸福値ゲームのコアメンバーを集めての食事会だ。というか、両チームとも陣容が固まったので、その対象者のお披露目会といったところかな」

巌の言葉を受けて、榊が両チームの対象者のリストを出席者に一人ずつ手渡した。文書の左上には、部外秘と書かれてある。次に巌は給仕の女性に合図を送って、飲み物の指示を出した。カクテル中心のアルコール類と、数種類のソフトドリンクがテーブル上に運ばれ、運転手である逸徒はジンジャーエールを、須美はピンク色のカクテルを手に取った。

「乾杯の前に君たちにひとこと言っておくよ。萌波くんと凜くんにとってこのゲームは、とても大きな戦いであるのは間違いがない。だが、このゲームは運によるところが大きい。対象者が抱く幸せの気持ちなど、基本的にコントロールは不可能なことだ。だからいいか。必要以上に熱くなるなよ」

そこで萌波の目を見ながら、「いいな、萌波くん」と言った。萌波が自分の顔を真剣な表情で見てうなずくのを確認した巌は、次に凜の顔を見て、「いいな、凜くん」と言った。

凜は向かい側に座る巌の近くまで顔を寄せると、

「ええ、わかってます。でも今さらここにきて、何でそんなことを言うの？　おじさま」

と言って、いかにもおかしそうに笑った。

「でも、おじさまの心配事はよくわかるわ。変わったことを始めたおかげで、何か不穏なものでも呼び寄せてしまうんじゃないかと心配されておられるんでしょう？」

凜の言葉はどこかおどけていて、妙に意味ありげだった。

「そうだよ、凜。わしはこのゲームで波風が立つのを好まないのだ。今回は君たち2人を競わせる形にはなったが、君たちを仲違いさせることがわしの本意ではない。今のうちに言っておくが……………」

巌はそこで2人の顔を交互に見つめると、残りの言葉を口にした。

「仮にゲームに負けたからといって、それが君たちにとって、人生の終わりではない。負けた側にも、これからの人生を乗り切っていけるだけの分を、わしは残してあげるつもりだ。だからいいか？　2人とも過度の心配はするなよ。わしの目にもう一度注目するがよい。隻眼という言葉の意味を知っているか？　片目しかないが、わしの目には物事を深く洞察するだけの力が備わっているということだ。わかるな？」

逸徒は巌のこの一連の会話を複雑な思いで聞いていた。

……永森社長のこの話は、おそらく萌波が書いたあの脅迫状を頭に置いての発言なのだ。つまり永森社長は今の話で、萌波とその先にいる『ドゥマン』にやんわりと釘を刺しているのに違いない。脅迫状の中身に絡むような余計なことをするなよ、と。それとも萌波に絡んだ何か良くない兆候でも掴んでるんだろうか……

「対象者の一覧表を見てくれ」

巌が幸福値ゲームの対象者のリストに目を落としながら言った。

「今日これを配るのは、確定した対象者を、ここにいるゲーム参加者全員で確認するためだ。何があろうと、もう変更はできない。両チーム合わせて4人の対象者が、等しく幸せになってほしいと、わしも心から強く願っている。ついては君たちも同様に、例え相手方チームの対象者でも、等しくその幸せを願っていてほしい」

逸徒がそれとなく観察したところ、萌波も凛も巌の目を見ながら、真剣な顔つきでうなずいていた。つまり巌が釘を刺したこの警告は、一定の効果をもたらしているように逸徒には思えた。巌の言葉が、『ドゥマン』にもきちんと伝わっていてくれ。逸徒は祈るような気持ちで、心の底からそう願った。

全員がグラスを手にしているのを確認した巌は、明るい中にも真摯な表情を崩すことなく、乾杯の盃を高く掲げた。

「君たち２人の澄んだ瞳に乾杯だ。今、幸福値ゲームのゴングが鳴った。少しでも多くの幸せの笑顔が増えますように…………。頼んだぞ、わしの幸運の女神たち」

三人目の萌波

「ここを本当に使ってもいいんですか？」

住宅地の一角にある、2軒の家に挟まれたこぢんまりとした2階建ての空き店舗を見て、浩紀は凜に尋ねた。とも実も外側からこの建家を、自らの身を伸ばしたりかがめたりしながら、さかんに観察していた。

「うちで所有している物件なんですけど、浩紀さんたちにぴったりじゃないかと思いました。中にも入って見てもらえますか？　お母さん」

榊が取り出した鍵でお店の扉を開けて中に入ると、中は案外広さがあり、4人掛けのテーブル席が4つと、カウンターに椅子が4席あった。全体的に多少古びた感はあるものの、内装も調度品も雰囲気があり、わりと小綺麗な状態で、すぐにでも開店できそうな様子に思えた。

「つい最近まで喫茶店で、それなりに客も付いていたんですが、自家焙煎にこだわっていた年配のオーナーがお気の毒なことに急死してしまったんです。普通なら不動産会社として仲介を頼まれるんですが、遺族の都合により、早急に処分したいということを頼まれたもので、ごく安い価格で当社が買い取ることになりました。もちろんカレー屋としての造りではないから浩紀さんたちにとって100点満点という訳にはいかないでしょうけど、このあたりは住宅地でもあるし、それほど悪い条件ではないと私は思います。店の前に駐車スペースも4台分ほどありますし」

そう言うと凜は、熱心に厨房のあたりを覗き込んでいた浩紀とともに実をまた外に連れ出して、お店の右脇にある隣との隙間を、かなり大きめのカバンを自分の体の先にしながら慎重に奥に歩いていった。別の鍵を使い、奥にあるもう一つの扉から中に入ると、扉の内側にはすぐに階段があり、一行は榊を先頭にして2階へと上っていった。

「そのカバンには何が入ってるんですか？」

カバンを抱えていることで窮屈そうに階段を上っている凜に対して、その中身を尋ねた浩紀だったが、凜は、「後で」と言って笑顔を返した。

「2階は居住スペースです。浩紀さんたちが今いるアパートとちょうど同じくらいの広さじゃないですか」

凜の言葉を受けて2階に到着した浩紀は、部屋に入るなり、あたりをぐるりと見回した。

「わぁ、私たちにはちょうどいい広さね」

浩紀に続いて部屋に入ったとも実が、中の間取りを確認して瞳を輝かせた。

「さてこの物件の条件面での話に入りますが、ここの土地建物を、残念ながらうちの会社が浩紀さんたちに無償提供するという訳にはいかないんです。今回の件は収益を目的とした営利事業なので、あくまでもビジネスベースでの話し合いをするようにと、社長の永森からは言われています。ただうちの会社が元オーナーの遺族から譲り受けたそのままの金額で譲渡することは可能です。その金額を見ていただけますか？」

凜の話に、浩紀は大きくうなずいた。凜が懐から、遺族との売買契約書の写しを取り出して見せると、浩紀は驚いたような顔をして言った。

「えっ、この金額ってことですか？　本当に？」

「今回この金額に、うちの会社のいわゆる儲け分を乗せるつもりはありません。確かに破格値と言ってもいい金額ですが、今回は浩紀さんを幸せにすることが目的ですからね。

それと返済については金利なしで、今後長い期間で少しずつ返してもらえれば結構です」

「とても助かります」

浩紀は頬のあたりが自然に緩んでくるのを感じていた。そんな浩紀を見ながら、凜が少し厳しい表情をして、浩紀のすぐ近くまで顔を近づけると、

「いいですか、浩紀さん。ここから先は私の出過ぎた話として聞いてくださいね……」

と言いながら、次のような忠告めいた話を始めた。

「商売で失敗しにくいのは、当たり前のようですが、初期投資とランニングコストを極力抑えることです。お店が住まいも兼ねたご自分の所有で、働いているのがご家族である場合、これ以上に強い下地はありません。ここの物件を私が選んで紹介したのは、ここが浩紀さんたちにとって、最も失敗しにくい物件だと私が考えたからです。逆に言えば、私たちがお手伝いできるのはここまでで、後はご自分たちで道を切り開いていってもらうほかはありません。ただランニングコストを抑えたこの条件ならば、売り上げがなくて、来る日も来る日も売れ残りのカレーを食べるはめになったとしても、商売を続けていこうと思う強い気持ちさえあればなんとか頑張っていけるでしょう。親子揃って体が黄色くなっていったとしても、それでも私は頑張っていってほしいと強く願ってい

ます」

「ええ、そのくらいの覚悟は持っているつもりですよ。ありがとうございます、凜さん」

凜はその言葉を聞いて、にっこりと嬉しそうに微笑んだ。そして榊に対して、「階段へのドアを閉めてくださる?」と柔らかながら鋭い声で言って、ドアがきちんと閉じられたのを確認すると、カバンの上部のジッパーを開いた。するとそこから顔を覗かせたのは、白に黒が入ったやや大きめの猫だった。

「え、猫が入ってたんですか」

「かわいい猫ですね」

浩紀とともも実の言葉に嬉しそうな顔をすると、凜は猫をカバンから出して、部屋の中央にちょこんと置いた。

「アメリカンショートヘアのまおくん、男の子です。最近どこにも連れてってあげてないので、今日は一緒にお出掛けに来たんです」

【チームまお】の名前の由来でもあるその猫は、カバンから出されても特に喜んでいる様子もなく、大きく伸びをした後、そのままの場所で寝そべってしまった。そんな姿を4人は微笑みながら、しばらくの間静かに眺めていた。

＊＊＊

とある土曜日、逸徒たちがこうさんと会った喫茶店からほど近い公園のベンチに４人の人影があった。メンバーは、こうさんと逸徒、萌波、そして巌だった。

「わしの頼みで、今日はわざわざお付き合いいただいてすみませんな、こうさん。わしは永森巌という者です」

「お付き合いだなんて、そんな。萌波さんと言ったかな。そちらの綺麗なお姉ちゃんがまた会いたいと言ってくれるんだもの。それはどんな用もすっ飛ばして会いに来るよ、あはは。そのお姉ちゃんはこないだ俺のために泣いてくれたからなぁ。俺には金はねぇが、暇だけはあんたたちに分けてあげたいくらいたっぷりあるからな」

そう言うとこうさんはいつもの笑顔で、萌波が用意したペットボトルのコーヒーを一口、口に含んだ。

「まずわしの話に入る前に、あなたにひとつ聞いておかねばならないことがありましてな」

「俺は難しい話はわからないよ」

「いやいや、そんなことじゃない。あなた自身に関する簡単な質問だ。ただ、わしらにとってとても大事な事柄でもあるので、正確を期するために録音機を使わせてもらいますよ」

巌が取り出したボイスレコーダーを物珍しそうに見ていたこうさんだったが、録音をすることを特に気にした様子はなかった。

「あなたのもともとのご職業から、今の境遇で暮らしていることの大体のあらましは、萌波くんから聞きました。こういうお立場なのも、さぞや不自由な面が多いだろうとは思います。ただ、とても明るいお顔をしておられるし、今の生活の中でもおそらくなにがしか楽しい部分はおありなのでしょう。そしてそれらをすべて考え合わせた上で、あなたは今幸せですかな？　もし幸福値を測る数値があるならば、あなたは１００点満点中の今は何点だとお思いかな？」

するとこうさんは急にしんみりした顔になった。コーヒーをもう一口ごくりと飲んで、地面に目を落とすと、「そりゃ20点がいいとこだよ」と言った。

「社長さんから俺が明るい顔に見えるのは、きっともうすべてを諦めてしまっているからだな。今、目標を見失っちまった俺は正直、何のために生きてるかわからない状態なんだ。娘の亜希にせめて金でも残してやれればと時々思ったりもするけど、缶からを拾う生活で金が貯まる訳もないしなぁ。ふふ、お笑いもいいところだよ。このまま俺はたぶん、その辺の路上でのたれ死ぬんだろう。家族を不幸にした男にはお似合いの結末って訳だ」

「お見受けしたところ、あなたはきちんとした良識をお持ちのようだ。もしちゃんとした仕事に就けたとして、問題は以前から話に出ているギャンブル癖のことだと思うのだが……」

穏やかな口調で話す巌の問いかけに、こうさんはいたって真剣な顔つきで答えた。

「今の俺がちゃんとした仕事だなんて、夢のまた夢みたいな話だが、でももしそうなったら、今度はパチンコになんか絶対に手は出さねぇ。それは俺の中で決まってることなんだ。そして亜希と亜希の娘のために必死になってお金を貯めるさ。親らしいことは何もしてやれなかった俺だが、せめてまとまったお金を封筒に入れて家のポストに入れてやれたら、それだけで俺は満足なんだ。娘や孫になんか会わなくてもいい。ただ封筒に俺の名前だけ書いて置いてくれれば、亜希はこう思うだろう。『ああ、お父さんは私たちのこと忘れてた訳じゃないんだ。あんなどうしようもない人だと思ってたけど、あの人なりに愛情はあったんだ』と。もうそれが叶ったのなら、俺は今日死んでもいいくらいだよ」

するとと萌波が巌のほうへ顔を向けて、その目を見た。巌はそんな萌波に笑顔を向けると、再びこうさんのほうを見ながら言った。

「この町でという訳にはいかないが、わしの会社が所有してるビルの警備の仕事をあなたに頼みたいと思うがいかがかな？　そのビルには警備員のための宿直室があるから、そこをこれからの住まいにすればいい。わしらにとっても、常駐で信頼のおける人間がいてくれるのはとてもありがたいのでな。ただし、ビル警備の何たるかを知ってもらうために、うちの系列の警備会社でしっかりと研修は受けてもらいますがな」

巌のその言葉を聞いた瞬間、萌波の顔がパッと喜びで明るくなった。こうさんは呆気に取られた顔をしていたが、やがて頭を掻きながらこう言った。

「俺にそんなことできるのかなぁ」

「大丈夫よ、こうさん。娘さんやお孫さんのためにも頑張りましょう」

萌波が涙をこらえながら震える声でそう言うと、こうさんの顔にもすぐに明るい表情が広がっていった。逸徒が、「よかったですね」と彼の日に焼けた顔に目を向けると、こうさんはいつもの屈託のない笑顔を浮かべながら言った。

「お姉ちゃんは本当に不思議な人だなぁ。まるで本当の女神様みたいだ」

＊　＊　＊

とある木曜日の仕事終わりの時間に、美織のスマホに巌からのショートメールが届いた。今体が空いているか？　というものだった。

……あのお爺さん、随分強引な人ね。大会社の社長さんだから仕方ないのかしら………

とは言え、巌に悪い感情を持っていなかった美織は、この後の予定もなかったことから、空いてますという返信を返した。するとすぐに、美織が勤めている会社がある町の隣町のレストランに予約が入れてあるから今すぐに来いという連絡が来た。あまりにも美織の意向を汲もうとしない一方的な話に辟易としながらも、美織は仕方なく、いつもは乗らない路線の電車で隣町に向かった。

隣町のレストランは、美織も知っている高級イタリアンの店で、ナポリで修行したシェフが美味しいピザを焼くことで有名な人気店だった。お店に一歩足を踏み入れると、背の高いスーツ姿のイケメンが「こちらです」と言って、美織を一番奥の席へと連れていった。そこには巌の姿はなく、美織が腰を落ち着けると、不思議なことに今美織を誘導してきたイケメンも、美織の向かいの席に同じように着席した。

「え、店員さんじゃないの？」

美織がぽかんとしていると、今席に着いたイケメンは名刺を出して美織に挨拶をしてきた。

「はじめまして。僕は久地《くじ》麟太郎《りんたろう》という者です。今日は僕に少しの間、美織さんの時間をお貸しいただけませんか？」

美織が頭を下げてお返しの挨拶をすると、間髪入れず、「こんなお綺麗な方とは思いませんでしたよ」と、麟太郎は言った。

「え、あの………。永森の社長さんは？」

「今日は僕だけです」

「は、はぁ」

美織は改めて男が差し出した名刺に目を落とした。そこには美織も聞いたことのある銀行の名前が書かれてあった。肩書きは支店長代理だ。

「急なことで驚かれたでしょうね。写メの交換もなしで、いきなりお会いしてだなんて、普通ならありえないお見合いですからね。融資の面で日頃からとてもお世話になっている北日本総合地所の事務所内で、そろそろ身を固めたいなどと僕がつい口を滑らせたばっかりに、美織さんまで急にこんなことにさせてしまって……」

「えっ、これはお見合いだったんですか?」

美織は急に気持ちがざわつき始めた。そうだとわかっていたら、もっと身だしなみに気を遣うんだったのにと思いながら、自分のあちこちの箇所がとても気になり始めたからだ。しかしそんな美織の気持ちを察するかのように、麟太郎は白い歯を見せながら言った。

「心配いりませんよ。今のままで美織さんは十分にお綺麗ですから。それより僕はあなたより2つ年下ですが、それは大丈夫ですか?」

美織はおどおどとした態度を悟られまいとしながら、笑顔でうなずいた。そしてそれからの2時間は美織にとってはまったく想定外の、これ以上もないほどに素敵で、これ以上もないくらいに楽しい時間だった。2人は、まるで初めてとは思えないほどの滑らかさで、お互いがお互いの中身に関する話を、同じくらいの分量で話し合った。それぞれの仕事のこと、家族のこと、休日の過ごし方から将来の夢に至るまで。麟太郎が銀行マンで、人と接するのがメインの仕事であるせいなのか、その話し方はとても自然でユーモアに溢れており、美織は思わず時の経つのを忘れて麟太郎との話に夢中になった。これまで関わってきた婚活で出会った男たちとは一体何だったんだろう。そんなことを思わせるほど、話べたで冴えない男たちと麟太郎との外見や中身のあまりの違いに、美織はその空間にいる間中ずっと興奮を感じ続けていた。食べるのを忘れて、ずっと横に置かれてもうすっかり冷めてしまったピザを、ふと思い出したように美織が口に運ぼうとしていた頃、麟太郎が言った。

「僕の年収は今800万ほどです。美織さんから見て、また会ってもいいと思われたなら、次の約束を入れさせてもらってもいいですか?」

美織はこれ以上もないくらい満面の笑みを浮かべながら、「ええ、もちろん」と言った。

麟太郎は嬉しそうな笑顔で、美織の目を見ながらお礼の言葉を述べた。

他の子どもとのこともあるので、あまり頻繁に来られても困りますという保田からの言葉にも関わらず、顔合わせをした次の週から萌波は琴里に、週末欠かさず自分の車で会いに来ていた。ただ他の子どものことも配慮して、なるべく目立たないように連れ出しては、短時間で戻すということを繰り返していた。連れ出す先は大抵はどこかの飲食店だったが、本屋に連れていって、琴里が欲しがる絵本を買ってあげることもあった。今ではお決まりになってる別れ際のハグをして琴里から離れて駐車場に歩こうとしていたところ、ふいに保田に呼び止められて琴里からは見えない裏口から、萌波は再び園に入った。

「実はみんなびっくりしてるんです。琴里ちゃんがこんなに笑う子だったたってことが」

保田はそう言って、萌波の前にお茶の湯呑みを置いた。

「生活している姿勢もとても前向きになったたし、とても同じ子だとは思えないくらいです」

保田の話を嬉しい気持ちで聞きながら、萌波はにっこりと笑った。

「でね、土日が近づいてくると、他の子の目を気にしながら私のところに何度も来るんですよ。お姉ちゃんからいつ来るって連絡はまだ来ないのかってね。ひどい時には1時間しか経ってないのにまた来るんですよ、ふふふ」

琴里のことを思い浮かべながら、保田はそう言っておかしそうに笑った。

「琴里ちゃんの気持ちが、私がいることで少しでも明るくなっているのなら私も嬉しいです」

「そういう意味では、本当に萌波さんには感謝しているんです。そしてあなた方の援助をもとに私たちが進めている、琴里ちゃんの手術のことなんですが……」

手術という単語を聞いて、萌波は真剣な顔つきに変わって保田を見た。

「先生と話し合って、2週間後の木曜日に決まりました。この町にある総合病院です。ベテランの先生なので大丈夫だとは思うのですが、かなり危険を伴う手術だということは、萌波さんもわきまえておいてください」

「ええ。でも琴里ちゃんの未来を切り開くためには、絶対に必要なものですからね」

「当日は萌波さんも立ち会われますか？　といっても待合室でただ待ってるだけですが」

「ええ、もちろんです。私が近くにいるだけで、多少は琴里ちゃんも気持ちが落ち着くでしょうし」

「では詳しい話はまた後日させていただきますね」

いよいよ琴里の手術の日取りが決まった。萌波はいつもと同じ穏やかな顔で、フロントガラスの向こう側を黙って見つめながら、いたって涼しげな目つきでハンドルを握っていた。萌波の愛車である車体の上部と下部に黒があしらわれたグレーのシトロエンはいつもと同じ速度で静かに国道を滑っていった。

＊＊＊

「逸徒、昨日萌波と一緒だったか？」

探偵事務所の扉を開くなり、塔麻にしては珍しく、いきなり逸徒のもとに駆け寄ると、切羽詰まった様子でそう尋ねた。

「いいえ、昨日はここにずっと詰めて、小椋さんの仕事のサポートをしてましたよ」

「萌波さんがどうかしたの？」

呆気に取られた様子の逸徒と須美を手招きで所長室に呼び込むと、腰を落ち着けるなり、塔麻は抑え気味な声ながら、衝撃の中身を口にし始めた。

「こうさんが暴漢に襲われた」

「えっ!!」

「ゆうべ夜9時過ぎに公園のいつものねぐらで寝ているところを、何者かに金属バットで10回ほど殴打されたらしい。一時意識不明だったようだが、今は意識は戻ったようだ。幸いなことに命に別状はなかったが、全身打撲で全治1ヶ月だ。俺はこの話を永森社長から聞いた。こうさんに住み込みで警備の仕事をさせるべく、その段取りをしていて、ようやくその目処が立って引っ越し間近の出来事だったらしい。こうさんは今永森社長の幼馴染みがやっている個人病院に引き取られていて、このことは永森社長と俺以外はまだ知らない」

「誰が何の目的でやったんでしょうか?」

「わからないが、最初から命を奪う目的だったのではないかとも思える。というのも、通行人が大声を上げたから10回くらい叩いたところで犯人は逃げているが、それがなければこうさんが絶命するまで殴打を続けていた可能性があるからだ」

「萌波さんには伝えたの?」

塔麻はそこで突然、口をつぐんでしまった。逸徒は恐る恐る塔麻に尋ねた。

「萌波さんが………まさか容疑者ってことはないですよね?」

だが塔麻は、逸徒の質問に明確な答えを返さなかった。須美が勢い込んで言った。

「それはありえないよ。だってこうさんは萌波さんにとって大事な幸福値ゲームの対象者なんだよ。こうさんを殺そうとするだなんて、自分が戦いに負けるようなことをわざわざする意味がまったくわからないよ。大体こうさん自体を選んだのが萌波さんなんだし、こうさんを思いやるあまり、萌波さんが流してた涙はそれなら一体何だっていうの?」

須美の言葉に、塔麻は厳しい顔をして次のように言った。

「わからない。ただ犯行を見ていた通行人の証言では、フードを頭から被ったパーカー姿の女のようだったと言っているんだ。もっとも暗い中で、確実にそうだという自信はないようだが」

そこで逸徒と須美とは、はたして本当に萌波が犯人である可能性などあるのだろうかという、妙に腑に落ちない表情で顔を見合わせた。

「しかもこの話にはさらに悪い続きがある。その証言者は、犯人が立ち去った後に、香水のような香りがしていたと言っている」

「まさか萌波さんのグリーンフローラル?」

塔麻は小さくうなずいた。

「実は手紙の一件以来俺は、こんなこともあろうかと、密かに萌波のグリーンフローラルと同じものを入手していた。どうやって調べたかというと、萌波のシトロエンに置いてあるグリーンフローラルの小瓶から、そのメーカーと型番を密かに控えておいた。で、購入したものを証言者に嗅いでもらったところ、この香りでたぶん間違いないと言うんだ」

「シトロエンを勝手に開けたんですか?」

「今回のことが起こる前に、永森社長の許可を得てね。萌波が乗っているレトロなシトロエン『チャールストン』は、萌波個人の車ではなく、社用車だそうだからね。永森社長が鍵を貸してくれたよ」

「こうさんが襲われたことは、警察には届けてあるの?」

「目撃者が110番したから、もちろん警察も動いている。ただ凶器も見つかっていないし、今のところ犯人に結び付く証拠は何もない。嫌な風潮だが、無抵抗なホームレスを襲う事件はそう珍しくないし、犯人の特定に結び付かないことも多いから、警察としてもこれ以上の捜査は諦めたようだ。ちなみに永森社長に頼まれたため、グリーンフローラルのことは警察には伏せてある」

「その時間帯に萌波さんがどこで何をやっていたのかは、わからないんですか？」

「それとなく永森社長始め、関係者に訊いてみたんだが、水曜日の夜は永森邸に行く日でもないし、よくわからないそうだ。そういう意味では萌波にアリバイはない。ただ一人暮らしの彼女にとって、夜にアリバイがあることのほうが珍しいだろうからな」

「僕たちもこうさんのお見舞いに行きましょうか？」

「いや、この件は永森社長から、萌波のことも含めて自分に任せてほしいと言われている。俺たちが関われるのはここまでだ」

塔麻の話はそこで終わりだった。所長室を出て自分の机に戻った逸徒の頭に、脅迫状の文面が再び鮮やかに浮かび上がった。自分で予告した「死の制裁」を現実化させるために、萌波が……というより『ドゥマン』が、わざわざそんな暴挙に出たのだろうか。もしそうだとしたなら、『ドゥマン』はこうさんを本当に殺すつもりで叩いたのか。

……いや、そんなはずは絶対にない。萌波があれほどまで思いやっていたこうさんのことを、いくら別人格とは言え、同じ萌波である『ドゥマン』が殺そうとするだなんて……

逸徒の頭には、こうさんの身の上話を、涙を浮かべて聞いている萌波の姿がくっきりと浮かび上がっていた。

……結果的にこうさんは1ヶ月の打撲で済んでいる。それとも『ドゥマン』は、こうさんが致命傷を負わない程度に手加減して叩いていたということだろうか……

翌日の金曜日、苦い表情で【チーム麦】の作戦ルームから出てきた逸徒を廊下で見留めた凜が、一瞬浮かべた笑顔を心配そうな顔つきに変えると、「何かありましたか？」と声を掛けてきた。この日逸徒は、もう用済みである、多くの候補者が書かれたリストを部屋に置き忘れてきたことに気づいて、久しぶりに作戦ルームを訪れていたが、その表情はひと目でわかるほどに、暗くて冴えないものだった。凜は眉をひそめると、逸徒を気遣うような眼差しを浮かべながら言った。

「お互いうまくいかないこともありますよ、逸徒さん。あまり思い詰めないで」

こうさんが襲われたことは、萌波や凜にも伏せてあると逸徒は聞いていた。それを知らない凜が心配の言葉をかけてくるくらいだから、自分の顔つきがよほど沈んでいたのだろうと、逸徒は心の中で苦笑いをした。

「そうですね。どんなミッションにも困難は付き物ですよね」

逸徒はぎこちない笑顔を作って、当たり障りのない答えを返した。すると、なおもじっと逸徒の様子をうかがっていた凜が、意味ありげな言い方で、

「逸徒さんが、どんなことで苦労されてるか、何となくわかりますよ」

と、まるで逸徒の心根を見抜くような言葉を口にした。

「えっ」

驚いた顔の逸徒に、なおも凜は言葉を続けた。

「前も話した通り、私と萌波ちゃんとは、大学の4年間ずっと一緒だったんです。あなたが知っている何倍も、私は萌波ちゃんについての知識があるんですよ」

凜の表情は、逸徒にいたって同情的に思えた。そんな凜の綺麗な黒い瞳に吸い込まれるようにして、逸徒は、普段は口にしない、かなり際どい質問を思わず凜にぶつけてしまっていた。

「知っているなら教えてください、凜さん。綾さんが萌波さんのことで口にした『イエール』というのは、一体何を指しているんですか？」

すると、凜は苦い顔つきを崩すことなく、次のような言葉を述べた。

『イエール』は萌波ちゃんのもう一つの人格です。その性格は、付けられたあだ名を聞けば、すぐにわかるはずです」

凜はじっと逸徒の様子に注目した。そしてこれから口にすることが、はたして今の逸徒に耐え得るのだろうかという観察めいた間のようなものを取った。逸徒は強い眼差しで凜を見ると、その瞳に大丈夫だという意思表示を描いてみせた。凜はその様子を静かに確認すると、感情を込めない平らな声で、ポツリと次のように言った。

「『悪魔イエール』よ」

「えっ!」

凜の口から生まれたまったく意外な響きに、逸徒は思わず大きく目を見開いた。そして凜の目もはばからないほどの絶望に満ちた表情で大きく天を仰いだ。

「萌波ちゃんをおとしめたくないので、これ以上は言わないでおきます。でも……………私がこれを教えたことは、萌波ちゃんには内緒にしておいてね」

凜は小さく頭を下げると、逸徒の横をすり抜けて、階段を駆け降りていった。

……………悪魔……………悪魔……………『悪魔イエール』……………

逸徒の頭の中で同じ単語が、何度も何度も繰り返されては、共鳴を繰り返していた。

………『イエール』のあだ名は『悪魔』………。ということは、こうさんを殺そうとしたのも、萌波の思いとは関係なく残虐性を発揮する『イエール』なのか………凜が階段を駆け降りていく音を遠くで聞きながら、逸徒は何ものかに激しく殴られたような表情で、苦痛に顔を歪めていた。

手術当日の午前中、琴里が手術を受ける手術室手前の部屋には、保田と児童園の職員2人の他に、琴里の手を握っている萌波と、それを見守る逸徒の姿があった。琴里の脇には、これから手術を一緒に戦う仔猫のぬいぐるみもいた。「ではそろそろ」という看護師の声で、一同は琴里の部屋を去り、待合室の方への移動を促された。名残惜しそうに手を離した萌波に向けて、琴里が、「お姉ちゃん、ありがとう」と言った。萌波は、「頑張ってね、琴里ちゃん。私もそばにいるからね」と言って、込み上げる涙に気づかれないように、にっこりと笑った。

後ろ髪を引かれる思いで待合室に移動した一同は、気持ちを切り替えて、手術中の時間の使い方について話し合った。仕事を残している保田と1人の職員が園に戻ることになり、星という年配の女性と逸徒と萌波との3人が残ることになった。すぐにお昼間近になったため、逸徒が車でコンビニに３人分のお弁当を買い出しに行くことになったが、逸徒が出掛けようとすると萌波が、「私も連れていって」と、いつになく切羽詰まった言い方で頼んできた。萌波の中に何か普通ではないものを感じ取った逸徒は、星という職員に頭を下げると、萌波を連れて外に出た。

「ありがとう、逸徒さん」

車に乗るなり、萌波は物憂げな口調でそう言った。今日の萌波は、同じ服を続けて着ないことをポリシーにしている彼女にしては珍しく、つい最近にも見た黒のワンピース姿をしていた。どことなく落ち着かない様子に見える萌波の挙動を、逸徒は密かにずっと目で追っていた。今日の萌波はどこか疲れた顔をしており、彼女がいつも浮かべている明るい表情は完全に影を潜めていた。

「ここのところ、眠れないことが多くて……。昨日は琴里ちゃんが亡くなってしまう夢を見て、夜中に汗びっしょりになって目を覚ましたんです」

かわいらしいまぶたを瞬かせて、萌波がそっとつぶやいた。

コンビニの駐車場に車を入れた逸徒は、再度チラリと萌波の顔に目を向けた。こんな中にあっても、萌波の際立った美しさは逸徒の心を掴んで離そうとはしなかった。自分を何度も見ている逸徒に気が付いた萌波は、怪訝そうな顔で逸徒を見ると、その理由を問いたげな仕草をした。

「あ、いや、あまり顔色が良くないなと思って……」

すると萌波はしばらくの間、不思議なものでも見ているような目で、じっと逸徒の顔を見つめていた。逸徒が気まずそうな顔で目を逸らすと、萌波はかすかな笑みを頬の隅のあたりに漂わせながら、ポツリと言った。

「あなたが今考えていることを、当ててあげましょうか？」

萌波の声は、ひどく意味ありげで、とても意地悪だった。逸徒はドキッとして、何かが普通ではない様子の萌波の顔をそっと覗いた。するとそこには瞳孔に逸徒の顔を映したまま、深い暗闇の中でゆらゆらと揺らめいている萌波の漆黒の瞳があった。

「え、僕の考え……？」

乾いた声で逸徒がそれだけの言葉をようやく喉の奥から捻り出すと、萌波は含み笑いをするような顔をしながら逸徒を見つめ、

「あなたは先週の水曜日の夜、私がどこにいたのか知りたいんでしょう？」

と、恋人同士のコソコソ話にも似た、まるで笑いを押し殺しているような声で言った。

逸徒は先週の水曜日の夜という意味がすぐには理解できずに、一瞬きょとんとした顔をした。が、やがて逸徒はとある驚愕の事実に気づかされた。

「先週の水曜日の夜って……水曜日の夜って……まさか、こうさんの……」

するとそこで萌波が、驚きを隠せないでいる逸徒の耳もとに口を寄せて、愛をささやくようなかわいらしい声で言った。

「こうさんを襲ったのが私だと思ってる?」

逸徒は大きく目を見開いて、萌波の美しい顔を凝視した。

「えっ!! 君は……。君は……こうさんのことをどこで聞いたんだ!?」

逸徒は思わず大きな声を上げた。しかし逸徒のその問いかけに、萌波が答えを返すことはなかった。萌波はじっと逸徒の顔を見つめていたが、車内のすべての空気が気まずい色に塗り潰されたかと思えるほどの沈黙の後、瞳からポロッと涙の粒を一つ落とした。そしてその粒は萌波の膝をすり抜けて、黒のフロアマットへと吸われていった。萌波は逸徒の左手をゆっくりと自分の両手で包み込むとそれを自分の胸の膨らみへと押し当てた。萌波の胸の感触が手のひらに直に伝わり、逸徒は心臓が飛び出るかと思うほど激しく動揺した。逸徒が萌波の真意を測りかねて慌ててその顔に目を向けると、萌波は大粒の涙をポロポロと立て続けにこぼしながら、逸徒の左手を宝物のように胸に押し当てたまま時間を止めていた。そして小さな声で何かをさかんに口にしていた。逸徒が萌波の言葉を聞き取ろうとその口もとに耳を近づけると、

「早くしないと、船が……船が港を離れてしまう。妹を助けられるのは私しかいないのに……。早く……早くしないと……」

と、やっと聞き取れるくらいの声でつぶやくように話していた。

……ああ、また萌波の幻影だ……。萌波が今見ているのは、彼女の目にしか映らない、遠い日の景色なのに違いない。礼子さんの時といい、今回の琴里ちゃんの手術といい、彼女の心に負荷がかかった時に、この症状が表れるのかもしれない……

逸徒の手には萌波の心臓のリズムが、規則正しい波を打って伝わってきていた。どこにも焦点を合わせていない虚ろな目の萌波を、逸徒はしばらくの間、ただぼんやりと眺めていた。が、とある瞬間、ハッとあることに気づいて、慌てて萌波の顔に注目すると、声の大きさに気遣いながら、壊れ物の包み紙をそっと開くような丁寧さで次のように尋ねた。

「君の名前を教えてくれないか？　ひょっとして君は『ドゥマン』かい？　それとも『イ

エール』なのか?」

逸徒は食い入るような目で、萌波の反応を待った。すると、それまで虚ろな目をしていた顔にほんのりと赤みが差したかと思うと、やがて好戦的な笑みを顔に浮かべた萌波は、両手で包んでいた逸徒の左手を離し、ゆっくりと逸徒の方角に首を回して口を開いた。

「私は『ドゥマン』だよ。『イエール』はここにはいない」

いつもの萌波には決して見られない、鋭い目つきと尖った口調を併せ持つその娘は、明らかに萌波のもう一つの人格、『ドゥマン』に間違いなかった。逸徒は内心、激しい衝撃を受けながらも、平静を装いつつ、次の言葉を口にした。

「こうさんを襲ったのは君かい?」

すると『ドゥマン』は、さらに険しい表情を顔に刻みながら言った。

「こうさん? そんな人は知らないね。ただ私たちに危害を加えようとする相手は、誰であろうと私が全力で叩き潰すよ」

それはゾッとするくらい低くて、トゲのある言葉だった。だが逸徒は確信めいた思いに導かれるように、慎重に自分の体を萌波のもとに近づけると、優しく両手のひらで萌波の顔を包み込み、お互いの顔がもっとも近い位置に来るまでゆっくりと、自分の顔を萌波の顔の正面に寄せていった。

「よく聞くんだ、『ドゥマン』。もう君に危害を加えようとする者なんてこの世には誰もいないよ」

そしておでこ同士が触れるくらいの距離を保ちながら、強い眼差しで再び『ドゥマン』の反応を待った。すると、ここまでずっと警戒心を浮かべていた萌波の瞳の中心から、それまで逸徒を凝視していたトゲトゲしい表情の色がみるみるうちにスーッと消えていき、それと入れ替わるように、穏やかで優しい萌波の気配がゆっくりと瞳全体を支配していった。

「『ドゥマン』、聞こえるか？」

だが逸徒の問いかけに、『ドゥマン』がそれ以上、言葉を返すことはなかった。

…………ああ、『ドゥマン』はもう、去っていってしまった…………

萌波の顔から手のひらをゆっくりと離した逸徒は、意識がどこかに行ってしまったような萌波を丁寧に助手席に落ち着けると、自分も運転席のシートに身をもたれかけて、一切の動きを止めた。そして萌波が自分を取り戻すまでの時間を、このままの体勢で待つことにした。彼女はそれから数分の間、じっと固まったままの状態を続けていたが、このまま待っていても状況に変化がないとわかった逸徒は、その耳もとに口を寄せて、「萌波さん」と、そっと名前を呼びかけてみた。すると萌波はようやく頭を持ち上げ、ぼんやりとした顔でダッシュボードのあたりに視線の先を向けた。逸徒は車を降りて助手席側に回ると、ドアを開けてそんな萌波の手をそっと掴んだ。抵抗することもなく、手を引かれるまま車を降りた萌波を連れてコンビニへと入った逸徒は、3人分のコンビニ弁当を仕入れると、再び萌波と車に戻った。

帰りの車中では、2人ともずっと無言のままだった。待合室に戻り、3人で弁当を食べている間も、さっきの『ドゥマン』とのやり取りがずっと逸徒の心を支配していた。待合室の窓から見えるイチョウの木の葉っぱをただ漠然と視界に捉えながら、逸徒の頭はあれこれと検証作業を繰り返していた。

……………こうさんなど知らないと『ドゥマン』は言った。その言葉をそのまま信じれば、こうさんを襲ったのは『ドゥマン』ではなく、おそらく『イエール』なのだ。『悪魔イエール』と凜さんが言うくらいだから、萌波を守りたい一心の『ドゥマン』とは違い、『イエール』は萌波の心などお構いなしに、関わった相手に危害を加える危険人物ということになるのかもしれない。でもこれ以上萌波に異常行動を取らせないために、僕は一体どうすればいいいんだろう。『イエール』に会って、説得を試みるために、僕が取れる方法とは一体…………

今日1日の目まぐるしい出来事を何度も頭の中で反復させては、あれこれと考えを巡らせていた逸徒だったが、いくら考えてみても、確定的な答えには、そう簡単には辿り着けないのだった。

……僕が確実にわかっていることは、2つだけ…………

逸徒はそこで自虐的にふふふと笑った。わかっている2つとは、謎に包まれたフランス人形が至極美しくて愛らしい姿をしているという事実と、限りなく黒だと思われる萌波を自分の直感だけで信じながら、もう引き返せないくらい深く愛してしまっている自分がいるという状況なのだった。

……だが僕は、確実に一歩ずつ進んでいるとも言える。今日はこれまでにない貴重な記憶を2つ手に入れることができたんだから…………

逸徒は自分を慰めるかのように、そんな言葉を心の中でそっとつぶやいた。手に入れた2つとは、萌波の中に住む彼女とは別人格『ドゥマン』の奥に潜む、鋭さと純粋さとを併せ持つ瞳の透明に澄んだ表情と、左手にまだなまなましく残っている萌波の胸の膨らみの柔らかな感触なのだった。


その後手術は9時間の長時間に及んだ。最近初孫が生まれたという星さんの話などを聞きながら、3人はずっと長い時間をただひたすら待ち続けていた。午後には、午前中に大事な取り引きを終えてきたという巌が、運転手役の榊と一緒に待合室にやってきた。

「7時間の予定と聞いていたが、9時間もかかっているのは、ひどく心配だわい」

巌はそこにいるみんなが思っていることを代弁して、そんな言葉を口にした。


琴里の手術が終わった頃、トイレから戻る逸徒がふと窓から外を見ると、あたりはもう夜と言っていいほどに暗くなっていた。40代の執刀医は待合室の一同に手術の中身とその経過を丁寧に説明して出ていった。

「とりあえずは、うまくいったということかな」

一同の顔に安堵の表情が浮かんだその時、巌よりもさらに遅れて再び合流した保田が、

「萌波さんもみなさん方も本当にありがとうございました。ここから先は私たちが責任

を持って、琴里ちゃんの面倒を見ますので」

と言って頭を下げた。「私も残ります……」と言いかけた萌波の肩に手を置いた巌が、

「任せよう」と言ったことで、萌波も黙ってうなずくしかなかった。

「何かあればすぐにお知らせしますので」

保田の言葉を頼りに、萌波と逸徒、巌と榊はおのおのの車で病院を後にした。逸徒はドライブの途中で、助手席の萌波に何度か会話を試みた。が、帰り道の萌波はまるで脱け殻のようになってしまっていて、逸徒が何を言っても、「ええ」とか「そうですね」とか言うだけで、逸徒の話をちゃんと頭に入れてから自分の言葉で返すという作業をしようとはしなかった。あまりにつれない反応に終始する萌波に辟易とした逸徒は、イタズラ心も手伝って、

「今日は僕にとっていいことがありましたよ、萌波さん。とびっきりに綺麗なフランス人形が、今日初めて僕に胸に触れることを許可してくれたんです」

と冗談めかして言った。するとふと我に返った様子の萌波がようやく運転席の側に視線の先を移すと、その瞳の中央に逸徒の姿を捉えながら答えた。

「訴えますよ、逸徒さん。私には有名な弁護士が何人も付いていますから、あなたに勝

ち目なんかありませんよ」

そしていつもの優しげな表情を浮かべながら、うふふと笑った。

「萌波くん、そして逸徒くんも。落ち着いて聞くんだぞ。琴里ちゃんの心臓に不規則な動きが続いて、処置の甲斐なく今朝早く息を引き取ったそうだ。先生も手を尽くされたそうだが、この世には人の力ではどうしようもないこともある」

巌の悲しみに満ちたその言葉を聞いた瞬間に、萌波はその場に崩れ落ちた。みるみるうちに溢れ出る涙が床にこぼれ落ち、嗚咽が作戦ルーム中に響いた。萌波は、「どうして」という言葉を連呼しながらおもしゃがみ込んだまま、大きく肩を震わせて泣き続けた。テーブルで報告書を書いていた逸徒が慌てて萌波のもとに駆け寄ると、彼女は涙でぐしゃぐしゃになった顔で逸徒を見上げながらゆっくりと立ち上がり、まるでそうすることが最初から決まってでもいたかのように、逸徒の胸にちょこんとおでこを付けた。逸徒はそれでもまだ泣くのをやめないそんな萌波の肩にそっと手を置いて、萌波を優しさのこもった眼差しでしばらく見つめていたが、逸徒の胸に顔を埋めながらの萌波の嗚咽はなかなか終わらなかった。やがて逸徒はごく自然に萌波の肩に置いた手をゆっくりと背中側に回すと、壊れ物でも扱うように優しく抱き締めた。

「萌波さん、琴里ちゃんはここまでよく頑張ったよ。でも人にはそれぞれ、きっと寿命というものが決められているんだ。琴里ちゃんにとって、それはおそらくここまでの長さだったんだろう」

「私が手術しようと言ったばかりに……。私が死なせたようなものですね」

「それは違うよ、萌波さん。ここで手術しなくても、琴里ちゃんは結局助からなかったんだ。君がしようとしていたことは正しい」

巌も泣いているのか、ハンカチを出すと派手な音を立てて鼻をかんだ。

「萌波くん、君という存在がいて、琴里ちゃんは最後まで幸せだっただろう」

巌がしゃがれた声でそう言った後に続けて、次のような言葉を口にした。

「辛いだろうが、後のことはわしにすべて任せるんだ。琴里ちゃんのことにはこれ以上関わらないほうがいい。いいな？　萌波くん」

巌がいつになく強い口調で話す言葉に、萌波は少しの間、巌の顔を見ていたが、やがて観念したように小さくうなずいた。

「こんなことになってしまって……。ということは幸福値ゲームはここで終わりですか？」

逸徒の脱力したような問いかけに、巌はただポツリと次のような言葉を残した。

「勝負を投げてしまえばそこですべての可能性が潰えることになる。それに……わしにこのゲームの行く末を、最後まできちんと見させてくれないか？　逸徒くん」

巌の言葉に、自分は最後まで努力を継続するために雇われているのだと思い直した逸徒は、「わかりました」という言葉を力なく口にした。巌はそんな逸徒の肩をポンと一つ叩くと、そのまま部屋を出ていった。

ようやくハンカチを取り出す余裕ができて、頬を濡らす涙を拭いている萌波の顔を、逸徒が心配そうな眼差しで見ていると、

「ごめんなさい、逸徒さん。私、シャツをこんなに濡らしてしまって」

とすまなそうな顔で、自分の涙で濡れた逸徒のシャツをハンカチで拭き取ろうとした。が、逸徒はそんな萌波の手を自分の手で押さえると、大丈夫だという目をした。実際、萌波の涙が自分の肌を濡らしているその感触を、逸徒はまったく嫌だとは思わなかった。

……やはり僕はこの人のことを……萌波を深く愛している。萌波にはたくさんの問題があることがわかっていても、それでもなお、僕の心はこの人にどんどん引き寄せら

れている……

逸徒は静かにこちらを見ている萌波の瞳の奥をじっと見つめた。そしてそこに横たわる黒く澄んだ輝きのさらにまた奥深くまで覗き込んで、彼女の心のありようを探ろうと必死の探索を試みた。だが萌波の瞳はどこまでいっても綺麗に澄んでいるばかりで、そこに怪しい影などは微塵も存在していないのだった。

「誰かをお探しですか？　逸徒さん。私はあなたがよく知っている萌波です。ここには他の人なんか誰もいませんよ」

逸徒の心根を見透かしたように、萌波がイタズラっぽい口調でそう言った。萌波の目に残っていた涙が一粒、頬を伝ってポトリと床に落ちた。

悪魔の調味料

「こちらの方角に来たということは………」

とある土曜日、巌の指示に従ってシトロエンを走らせていた萌波が、巌の顔を見ながら言った。

「ああ、今日は和菓子を食べたくなったのでな」

それを聞いて萌波は、「開運堂さんですね」と言って、にっこりと笑った。

「うむ。もう何度目になるかな」

「あそこのお饅頭は本当に美味しいですよね」

「ああ、でも今日はそれだけのためではないよ」

巌の言葉を聞いて、萌波は巌がいよいよ次のステップに移ろうとしていることを悟った。開運堂の店の前にある5台分ほどの駐車スペースの一角に車を停めると、2人はお店の中に入った。萌波はいつになく緊張気味な頬を、両手で軽くマッサージした。

「いらっしゃいませ。あら、旦那さん、いつもありがとうございます」

巌の顔を見て、若い店員が声をかけてきた。笑顔がとても印象的な親しみやすい雰囲気の娘だ。

「ああ、娘さん、また寄らせてもらったよ。定期的にここの饅頭が食べたくなってね」

「嬉しいですわ。末永くどうかごひいきに」

「ではいつものその12個入りのやつをくださいな。人にもあげたいから3箱もらおうか」

「ありがとうございます。今日もその……食べてもいかれますか？」

「うむ、もちろん。萌波くんもどうだね？」

「ええ、いただきます」

「かしこまりました。今、お茶を用意しますね」

お店の一角に客が無料でお茶を飲める簡単な喫茶スペースがあり、ショーケースに並んだ和菓子を客が買ってそこで食べてもいけるようになっていたが、巌と萌波がそのスペースを使うのはここに通い始めたこのひと月半の間にもう4度目だった。

「ちなみに娘さん、わしは饅頭が食えればいいので、わしには関係ない、余計な話ではあるんだが、これだけ美味しいお菓子が作れる老舗の和菓子屋さんにしては、お菓子の種類がかなり少ないようにも思うが、これはお店の方針なんですかな？」

「いいえ……」

そう言った後、娘が答えを返すまでに少しの間があった。娘はもう常連と言ってもいい厳の柔らかな笑顔を見ていたが、この人になら話してもいいと思ったのか、次のように話を続けた。

「単純に手が回らないためなんです。基本的に私1人でやっているお店なもので」

「えっ、娘さん1人でやっておられるんですか。それは大変なことですな。ご家族はどうされたのかな？」

「私の旦那はサラリーマンです。結婚の時、それが条件で一緒になったもので、今の仕事を辞めてくれとは言えないんです。まぁ、仕方ないですよね」

「昔から受け継がれている老舗なんでしょう？　ご両親はどうされてるんですか？」

「母は4年前にガンで亡くなりました。父は……」

と言った後、やや間があってから、「お恥ずかしい話なんですが、家出中です」と言った。

「家出中というからには、いずれ戻ってくるのかな？」

「さぁ、どうでしょうか……」

そう言うと、娘はにっこりと笑った。

「立ち入ったことを伺って、気分を害されたら謝りますが、何の楽しみもない年寄りの茶飲み話に付き合うつもりで教えてくださらんか。あなたは家出されたお父さんに今どんな気持ちをお持ちかな？　ここにいる萌波くんはただの運転手でわしの身内ではないが、わしにも一人娘がいて、わし自身よくプチ家出を繰り返している不良老人なものでね。わしも娘からどんな風に思われてるのか、あなたの言葉を聞いて参考にしたいと思ってな」

不良老人という言葉がいかにも巌のイメージにぴったりしていると、心密かに萌波は思ったが、和菓子屋の娘も同じように思ったと見えて、ひどくおかしそうに笑いながら話を始めた。

「そうですね……。私がまだ小さい頃に出ていったものでよく覚えてないところもあるんですが、随分ひどい父親だったのは覚えてるんです。母１人にお店を任せて、自分は遊び回っていましたから。だから半ば追い出されるような感じで家から出ていってしまってからしばらくは、私も含め家族みんながなんとも思っていませんでした。でも私も子どもの親になった今になって思えば、それほどひどい父親だったのかと問われると、実際のところはそんなこともなかったように思います。あの時は母の気持ちもあり、みんなで必要以上に父を悪者にしようとしていたところがありますが、実際の父は金にはだらしないものの、人にはとても優しくて人間味のある、今に思えばとてもいい人でした。私に対しても誕生日のたびにわざと驚くようなものを買ってくれて、私の笑顔を見て喜んでいるような人でしたし、よく肩車をして夜店にも連れてってくれたなぁとか思うと、あの優しい顔がなんだか懐かしくも思えてきて……」

「もしも今、ここに本当にあなたの父親が帰ってきたら、あなたはどんな顔をなさるでしょうね？」

「さぁ、どうでしょうか。その時になってみないとわかりませんね。でも案外、何もなかったような顔で『おかえり』って言うかもしれないですよ、ふふふ」

「そんな日が来るといいですな」

「たぶんありえない話だとは思いますけど……そうですね」

饅頭を食べ終えた２人は、買い物の紙袋を抱えながらお店を後にした。

「不良老人とは言い得て妙ですね」

萌波がおかしそうに先ほどの話を蒸し返すと、巌はにこりともせず、「わしは不良じゃないわい」と言って、澄ました顔で助手席を倒し、うたた寝を始めた。

「巌さま、そろそろ到着します」

萌波の声でもぞもぞと起き出してきた巌は、背もたれをもとに戻すと何事もなかったかのような顔でフロントガラスの向こう側へと視線を移した。とあるビルに隣接した駐車スペースに馴れた様子で車を入れた萌波は、巌とともに車を降りてビルの裏側へと回り込んだ。

「ここのＩＴ企業は夜中でも社員の出入りがあるから、入口にチェックのための警備員が24時間必要という訳だ」

「こうさんの出番という訳ですね」

巌と萌波が目を見合わせて、萌波がガラス窓をこんこんと叩くと、裏口脇にある入館者のチェック用のボックス席に座っている警備員服の男がこちらを見た。

「やあ、お姉ちゃん、また来てくれたのかい。ああ、今日は社長さんまで」

「こんにちは、こうさん」

「お体の方はもう大丈夫ですかな?」

ひげも剃り幾分引き締まった体つきになったこうさんは、椅子から立ち上がると、上半身をねじって、2人に元気な姿をアピールして見せた。警備員服に身を包んだ彼にホームレス時代の面影は、まったくと言っていいほどになかった。

「あんなにひどい目に遭わされたのに、こんなに早く回復できて本当に良かったわ」

萌波は心からと思える優しい笑顔でそう言った。その言い方は、ひどい目に遭わせた当事者が話しているニュアンスからは遠くかけ離れていた。

「俺は長いこと路上生活してるからな。お姉ちゃんが思うよりタフなんだよ。襲撃された時も受け身の体勢でいたしな」

そう自慢気に語るこうさんの顔にあるのは、いつもの屈託のない笑顔だった。

「今日はな、こうさん。いよいよ次の段階に進もうと思って来たって訳なんだ」

巌はにっこりと笑うと、さらなる言葉を口にした。

「せっかく研修も受けて、このビルで住み込みの警備員になってもらった訳だが、ここがあなたにとっての最終目的地でないことだけはわかっておられるだろう。もちろん娘さんとのことがうまくいかなかった時にまたここに戻って来たい場合は、わしらはあなたを拒みはせんが、あなたにとっての本来の幸せがここにあるとは思えませんからな」

「ここで立ち話もなんだから、中に入ってお茶でも飲んでってくれよ、社長さん」

こうさんの言葉に巌はうなずくと、萌波とともにビルの内部へと足を踏み入れた。そしてこうさんよりも先に立ってスタスタと廊下を歩いていくと、警備員の宿直室の扉を開けた。

「ふふふ、勝手知ったるうちのビルだからな。どれ、3人でお話しするくらいのスペースはあるだろう」


「おや、ここで会うのは久しぶりですね、萌波さん」

ある日の朝の通勤途中に、雑居ビル前の花壇前に立っている萌波を見つけた逸徒は、足を止めて明るく声を掛けた。萌波はすぐに逸徒の方を振り向いたが、なぜかその顔にいつもの笑顔はなかった。逸徒が萌波のその浮かない様子の顔を覗き込むと、萌波はそこでようやく小さく笑みを浮かべて、「ダリアが咲いたんです」と言った。

花壇には妖艶で神秘的な色をたたえた、黒を多分に含んだ赤い花々が、その場一杯に大きな花びらを広げている様が見て取れた。

「ああ、綺麗に咲きましたね。お恥ずかしい話、昨日の通勤時まで少しも気づきませんでしたよ。まっすぐ前ばかり見て、考え事をしながら歩いてるせいですね、きっと。でもどうしたんです？　花が咲いたというのに、あまり嬉しそうじゃありませんね」

「だって……」

そこで萌波はひどく冴えない表情をしながら、

「これは私が再会を楽しみにしていた『希望』ではないんですもの。きっとこれは『黒蝶』という品種だと思います。どうしてこんなことが起こったのか、いくら考えてもわからなくて……」

と言って、ひどく悲しそうな顔をした。その様子は、まるで大事な伴侶を亡くした未亡人が、故人を惜しんでいるような具合だった。

逸徒は、ふふふと小さく笑いながら、

「でもこれはこれで綺麗だからいいじゃないですか」

と言って、花弁に顔を近づけると、匂いを嗅ぐような仕草をした。

「いいえ、私が大事にしてきた『希望』の花たちともう二度と会えないのかと思うと、それだけで私は胸が締め付けられる思いです。あれは私の20歳の誕生日に、巌さまが私の意向を汲んで贈ってくださった、大切な上にも大切な花だったんです」

この日の萌波は、落ち着いた小豆色を基調にした中に、黒の生地が所々配された、とても大人っぽくて上品なドレス姿をしていた。相変わらず緻密にできたお人形さんのような完成度のまま、いつまでも腑に落ちないでいる様子の萌波に、後ろ髪を引かれる思いで別れを告げると、逸徒は通勤の続きを再開させた。

……ひょっとすると、自分でも気づかないうちに、萌波の中にいる『ドゥマン』か『イエール』が、球根を別のものに変えていたという可能性はないのだろうか？………それにしても、萌波と接すれば接するほど、僕は萌波を深く愛している自分を改めて発見することになる。でもこんなにも問題を抱えている萌波に僕は自分の気持ちが赴くまま、このままのめり込んでいってもいいものだろうか。いや、これでいいはずがない。僕の恋心と、萌波についての謎解きは表裏一体なのだから……

逸徒の頭を支配している、萌波という女性に対する検証作業は、事務所に到着してからもまだ逸徒の頭の中で続いていた。小椋と石田は朝の張り込みのために不在で、塔麻はまだ出勤前だった。ちょうどトイレ掃除を終えて出てきた須美を見つけた逸徒は、ここまで自分が抱えていた萌波に対する疑問点を、妹を相手に一旦吐き出してみようかと思った。

「萌波さんのことところまでの不可解な点について、少々付き合ってくれないか？　須美」

逸徒が、仕事の範疇に留まらず、自分の人生を左右しかねない萌波という迷路にはまり込んで抜け出せずにいることを十二分によく理解している須美は、その誘いに快く応じた。

２人分のコーヒーを入れて、逸徒と須美は客用のテーブル席に腰を下ろした。逸徒がどこから話そうかと考えていると、須美が先に話を始めた。

「まず脅迫状の中身と、その結果の検証をしてみようか」

「ああ」

「脅迫状にある『死の制裁』はある部分、実現しているとも言える。こうさんはすんでのところで『死』に直面するはめになっていたし、琴里ちゃんは実際に亡くなってしまった……」

「でも琴里ちゃんのことに制裁という言葉はどうもそぐわない気がするよ。琴里ちゃんが亡くなったのはたまたまで、犯人の意図したことではないだろうからね」

「うんそれはそうだな。四六時中監視の目に晒されている病院にいる琴里ちゃんの心臓の不具合を意図的に起こしたとは、確かに考えにくいからね。念のため所長が調べたみたいだけど、琴里ちゃんの死に不審な点はなかったと話していた。問題はこうさんを襲ったほうだけど……」

「仮にこうさんを襲ったのが萌波さんだったとして、確かに彼女にはまったくと言っていいほど動機らしいものが存在しない。もしそれをした人間がいるとすれば、彼女の中にいる別の人格『イエール』の可能性がある」

「『イエール』なの？　『ドゥマン』じゃないの？」

「おまえにも軽く話したけど、僕は先日、『ドゥマン』と直接話をする機会があった。そして実際に話してみて、その中身を僕なりに理解したよ。『ドゥマン』が担っている役割は、一にも二にも萌波を守ることにある。『ドゥマン』が攻撃性を発揮するのは、萌波に危険が及ぶと彼女が感じた時だけで、訳もなく他者を攻撃することはないように思う。問題は『イエール』のほうなんだ」

「『悪魔イエール』か……」

そこで須美は、細めた目でどこか彼方に視線を移すと、次のような言葉を口にした。

「ひょっとすると萌波さんは、今回の幸福値ゲームを本当はやめたくて仕方ないんじゃないのかな。でも命の恩人である永森社長には面と向かってそれが言えないから、別の人格がこんな歪んだ形で抗議しているとか……」

須美の話を聞いて、逸徒は顔をしかめて考えた。確かに根が真面目で、問題を自分の中に蓄積しやすい性格の萌波にとって、歪んだ形での抗議というものが、ありえない話ではないかもしれない。が、こうさんや琴里ちゃんに対して、あれほど熱のこもった姿を見せていた萌波が、幸福値ゲームをやめたがっていることなど、はたして本当にあり得るのだろうか。さらにはこうさんに対する暴力性、卵アレルギーの人物へのプリンのお土産や育ての親である綾夫婦の殺害など、どう考えても常識的に理解できないことばかりが、彼女の周りで立て続けに起こり過ぎている。

出口を塞がれて逃げ場をなくしている逸徒を横目で見ながら、須美は低く押し殺した声で次のように言った。

「これまでのことはともあれ、これからの彼女の行動は十分に修正可能だ。だから兄貴、これからの彼女を絶対に犯罪者にしては駄目だよ。琴里ちゃんが亡くなってしまった今、幸福値ゲームに萌波さんが勝てる可能性は残念ながらほぼゼロだ。彼女の負けが現実のものとなった時、取り巻く環境が大きく変わることで、彼女がさらに精神的に不安定な状態に置かれることは十分に考えられる。その時に『ドゥマン』か『イエール』が彼女の意思に反して、何かとんでもないことをやらかす可能性はある」

逸徒は何かを言いかけたが、口にしようとした言葉を飲み込んだまま、「そうだな」という空虚な返事を口にした。

「こんにちは」

その時、聞き覚えのある艶のある声とともに、扉を開けて入ってくる人物がいた。見れば、その妖艶な美女の腕にはまだ小さな柴犬の姿があった。逸徒と須美は慌てて立ち上がると、これまでの深刻な空気を振り払うように、「いらっしゃいませ」の言葉とともに、客の方角に向き直った。

「あ、あなたは……」

それは2人ともに面識のある人物、美魔女の山本さんだった。

「パランちゃんに頼まれてね。近くに来たら、一刻も早くこの子に会いたいから、すぐに届けてくれって言われちゃって……」

「たく、しょうがないな、あの親父」

「お久しぶりですね、山本さん。今、コーヒーをお入れするので、こちらの椅子にどうぞ。この子って、その柴犬の子どものことですか?」

逸徒が山本の胸もとにいる仔犬に顔を寄せて、柔らかな笑みを浮かべながら、頭を撫でた。

「ええ。この子が彼にとっての、次の『梨理庵』らしいわ」

「えっ……。あ、『梨理庵』ね……」

「かぁわいいい!」

須美も逸徒に負けじと、歓声を上げながら、モゾモゾとしている仔犬の喉を指でなぞった。

「パランちゃんは……いないわね」

「ああ、所長ならもうそろそろ来ると思いますよ。椅子にかけてお待ちください」

「いいえ、そうしていられないわ。私のお店も10時には開けないといけないから。じゃ須美ちゃん、この子お願いね」

いきなり仔犬を預けられて、目をパチクリさせている須美の慌てた様子などお構いなして、山本は右手でかわいらしくさよならの挨拶をすると、色っぽいウィンクとともに事務所を後にしていった。

その後2週間の間、探偵事務所本来の忙しい業務に毎日駆り出されていた逸徒と須美は、すでに自分たちの手を離れた感のある北日本総合地所の跡継ぎ問題のことを、もうすっかり過去のものとしつつあった。

「逸徒、須美、ちょっといいか？　【チーム麦】の件だ」

そう言われて所長室に呼ばれた2人は、塔麻の口から聞いた【チーム麦】という単語に、少しだけ新鮮な印象を持った。

「俺自身も永森社長とコンタクトはわりとマメに取っているが、おまえたちからもここまでの経過報告を受けたいと思ってね。少し間が空いてしまったが……」

「ああ、はい、では僕が代表して……」

逸徒は須美と目を合わせてから、【チーム麦】に関わる話を始めた。

「まず今回幸福値ゲームの対象者の2人を選んだのは萌波さんですが、僕と須美はその選定のための候補者のリストアップと、対象者が決まってからのサポートをさせてもらいました。もちろんすべて、所長もご存知のことですが」

「うむ。続けてくれ」

「対象者1人目のこうさんについて話すと、例の暴漢に襲われた事件後に永森社長が手配した個人病院で、当初の見込みより短い3週間の怪我の治療を終えました。そしてその後2週間の警備員の研修を経て、とあるIT企業の住み込みの警備員になりました。その後肝心の開運堂の娘さんとは、永森社長のはからいで涙の再会を果たしたと、萌波さんと永森社長からは聞いています。萌波さんが予想していた通り、娘の亜季さんは凄く喜んでくれたそうです」

「私もその感動の場面に立ち会いたかったよ、とほほ」

須美が不満げな顔をしながら、自分の目から頬にかけての架空の涙の跡を、指で辿って描いて見せた。

「僕らは所詮サポート役であって、あくまでもゲームの主人公は萌波さんと永森社長だからね。そしてこうさんは亜季さんに強くお願いされて、開運堂に戻ったようです。婿さんと孫の陽咲《ひなた》ちゃんとも関係は良好のようで、今のところはうまくやっているようですね」

「肝心の幸福値はどうなったんだ？」

「ああそれはですね………」

逸徒はメモしておいたスマホの画面に目を落としながら言った。

「こうさんが最初に言った値が20でしたが、開運堂に戻って仕事にも復帰し、亜季さんと和菓子作りに精を出している今の段階の数値は後日永森社長が確認するそうです。幸せそうな現在のこうさんの様子から察するに、そこそこいい数値になるのではないでしょうか」

「こうさんはうまくいったよね。こうさんはね………」

須美はそう言った後、少し切ない表情を浮かべた。逸徒も、そこから先は話すのが辛いといった様子で、

「さてそれで………。問題の2件目なんですが………」

と、億劫そうな口調で言葉を継いだ。

「萌波さんは琴里ちゃんを、端で見てても本当によく面倒を見ていました。あれは彼女の心からの行動だったと思います。残念なことに琴里ちゃんは手術後に亡くなってしまい、幸福値の上積みはできませんでしたが………」

「萌波が琴里ちゃんの幸せを願っていたのは本当のことだったと俺も思いたい。それが萌波の心からの行動だったんだと…………。まぁそれはそれとして、ではそれ以外の、こうさんを襲った暴漢の件、それとそもそも脅迫状を送った相手に関する、今のところのおまえの見立てはどうだ？　逸徒」

塔麻はまるで就職試験の面接官のような眼差しで、逸徒の瞳の奥を覗き込んだ。一瞬黙り込んだ逸徒だったが、やがて塔麻の目を静かに見ながら言った。

「僕は萌波という人物は、信用するに値する人間だと思っています。状況は彼女に圧倒的に不利ですし、彼女の中に潜む別人格の『ドゥマン』と『イエール』が時折、異常とも思える行動を取ることもまた事実ですが、僕は自分に備わっている人を見る目というものを大事にしたいと思っています。彼女の瞳の奥にある魂の輝きは、他人を傷付けるような人間のものではないと、僕は今でも信じているんです」

「おまえが信じている、というだけでは、客観的な裏付けに乏しいな、逸徒。『ドゥマン』と『イエール』にしても、完全に解明されたとはとても言い難い状況だ。残念だが現状ではとてもおまえに及第点はあげられないよ」

「ええ、それは僕自身がよくわかってます」

　塔麻の指摘を受けて、逸徒は下唇を噛んだ。ただ塔麻はそれ以上の追及をしなかった。今回の永森社長からの依頼は、あくまでも幸福値ゲームのサポート役であって犯人探しではないから、塔麻はその部分にはあまり深入りするつもりがないのだろうと、その時逸徒は思った。すると塔麻は、ふいに壁の一角に立て掛けてあった物を手に取って、それをテーブルの上にごろんと無造作に置いた。

「これは……？」

「こうさんに怪我を負わせた凶器と見て、まず間違いがないだろう。付着した血痕のDNAがこうさんのDNAと一致しているからな」

「えっ！」

　逸徒は驚いた顔をして、塔麻とバットとを交互に見た。それは、まだ真新しいシルバーの金属バットだった。よく見ると、球に当たる箇所付近に血痕らしい黒ずみが付いている。

「これをどこから……？」

「萌波だよ。彼女が先日俺のところに持ってきた。シトロエンのトランクに入っていたと言ってね」

「えっ……」

「犯人がわざわざ自分で凶器を届けるかって話でもあるが、指紋を調べたところ、やはり萌波のものしか出なかった。もっともトランクに見慣れないものを見つけた時点で、驚いて手で触ったと言っているから、彼女の指紋が出るのは当然と言えば当然なのだが」

「シトロエンに触れることができるのは……？」

「前に言ったと思うが、あの車は萌波の個人のものではなく、北日本総合地所の社用車だそうなので、萌波が持っているキーの他に、スペアがいつも社内の決まった場所に掛けられてあったらしい。だから会社の関係者であれば、基本的には誰でもシトロエンのトランクを開けることは可能だ。だが念のためにそちらのキーの指紋も調べてみたが、いろんな指紋が狭い部分に重なっているため、萌波のもの以外は検出できなかった」

逸徒は苦虫を嚙み潰したような顔で、自分の足もとに視線を落とした。

「俺はな、実はこれからのことを憂いているんだよ、逸徒。おまえが自分の直感を頼りに萌波を信じているのは結構なことだが、何か起こるのは実はこれからのような気もするんだ。だからこれからもずっと萌波の周囲から目を離すなよ、逸徒」

塔麻の言い方は、何かの予兆を感じているような雰囲気にも感じ取れた。これまでの付き合いから、塔麻が根拠もなくこんなことを言う男ではないということを、逸徒はよく知っていた。

……所長は僕が知らない何かの情報を掴んでるんだろうか……？　でももしその兆しがあったとしても、僕は絶対に萌波を犯罪者なんかにはさせない。彼女と別人格の２人におかしな気配が感じられたら、僕は自分の身を盾にしてでも、絶対にそれを止めなければ……

＊　＊　＊

「さぁて、みなさん、わざわざここに集まってくれてありがとう。今日はわしにとっても待ちに待った嬉しい日だ」

巌はいつになく、頬を上気させるほどの熱量を伴って室内中に大きな声を響かせた。そこは開店から忙しい３週間を乗り切って、本来なら火曜日で定休日のはずの浩紀のカレー屋「栗本カレー」の店内だった。かろうじて美しさを保っている開店祝いの花々が、店内のあちこちに華やかな彩りを添えていた。この日は、巌が無理を言ってお店を開けてもらっての、【チームまお】の結果報告会で、４台のテーブル席には、巌、榊、萌波、逸徒、須美、塔麻、凜、礼子、浩紀、とも実、麟太郎、美織、そして凜が連れてきたアメリカンショートヘアのまおという面々の顔があった。

「今日は【チームまお】が手掛けた２つの件を、ここで同時にお披露目するつもりでいます。まずこちらにお座りのお２人をみなさんにご紹介しよう」

そう言うと巌は、麟太郎と美織に立つように促してから、２人の幸せそうな様子を目を細めて眺めつつ、言葉を継いだ。

「今回の主人公は麟太郎くんではなく、そのお隣で満面の笑みを浮かべている美織さんのほうだ。２人はつい半月前の、美織さんの40歳の誕生日の日を待って入籍されたそうだ。お２人の出会いにはわしと榊とでお手伝いをさせてもらったが、かげでプロデュースしていたのは凜くんだ。なかなかにいい仕事をしてくれたと思っている」

「ありがとうございます、おじさま」

「先ほど美織さんに幸福値を伺ったのだが、麟太郎くんと入籍して、新しいマンションで生活を始めた彼女の幸せの度数は90点だそうだ。誠におめでとう」

美織は上品な白のフリルに覆われた、少しカジュアルでポップな仕様の洒落たウェディングドレスを身に着けていた。美織と麟太郎は、凜が用意した紙ふぶきを頭から浴びて、嬉しそうな明るい笑顔を浮かべながら、全部のテーブルに向けて丁寧に挨拶をした。須美がグラスを置いて萌波に尋ねた。

「大胆な中にも緻密なデザイン。ひょっとしてあのドレス……」

するとと萌波は、照れたような顔に微笑みを浮かべながら言った。

「本当は私が、自分の結婚式の2次会で着ようと思っていたドレスなんです」

それを聞いた須美がすかさず逸徒に向かって言った。

「うわ、だってさ。やっぱりな……。ふふ、萌波さんがあれを着たら、さぞかし似合うだろうな。ねえ、兄貴」

逸徒はどういう顔をしていいかわからずに、「う、うん」と煮え切らない返事を返して、気まずそうに目を伏せた。

巌の声が響いた。

「そして今日のお披露目はもう1人。今みなさんが席に着いていているこのお店『栗本カレー』を開店させた、浩紀くんです。もちろんこれからが正念場ではあるものの、開店3週間でカレー1000杯に到達したのは、彼の実力だとも言えるでしょう。さて彼とお母さんにも一度立ってもらいますかな?」

そこで浩紀とともに実は、気後れしながらも照れた表情で立ち上がり、他のテーブルの客人たちに頭を下げた。

「彼らにも幸福値は先ほど伺いました。すると、お2人とも80点とお答えになった。これもなかなかに素晴らしい数値だと言える。凜はここでもいい仕事をしたとわしは思う」

巌の言葉を受けて、凜はにっこりと満面の笑みを浮かべた。すると間髪を入れず、やはり逸徒と同じテーブルにいた塔麻が、逸徒、須美、萌波の顔を見比べながら、声を潜めるようにして言った。

「美織が、90引く25の65点。浩紀が、80引く30の50点。つまり合計で【チームまお】が獲得した点数は、115点ということになる」

琴里の死により、チーム麦がそれを超えることが叶わないとわかっている今、塔麻の言葉を逸徒はやるせない気持ちで聞いていた。

「どれ、ではこの辺で食事会に移行するとしましょうか。先ほどからカレーのいい香りだけでお預けを喰らっているみなさんも、さぞかしお腹がすいてきたことでしょう。さて、では浩紀くんとお母さん、ご自慢のカレーをみなさんに分けていただけますかな?」

「ああ、はい」

「カレーを分けるのは２人でやっていただくとして、給仕役も必要だな……。では、萌波くんに凜くん、手はず通り、お手伝いしてもらえるかな？」

「はい」

そこで萌波と凜は席を立つと、４台のテーブルをすり抜け、カウンター脇から厨房の内側へと移動していった。その時、猫のまおが、凜に付いていこうとしたが、床に散らばった紙ふぶきに足を取られて転んでしまった。その仕草がとても滑稽でかわいらしく、その一部始終を見ていた出席者からは大きな笑いが起きた。

その後、なごやかな歓談の場となっていた会場内も、萌波と凜の給仕により、カレーの皿がひと通り行き渡ったところで、巌の「いただきます」の声を合図に、楽しい食事会の場へと姿を変えた。

「浩紀さん、確かこのカレーには玉ねぎが使われてないんでしたよね？」

騒がしい場の喧騒に負けない大きな声で尋ねた凜に、浩紀が「そうです」と答えると、凜はカバンからまお用の食事皿を取り出して、

「玉ねぎが入ってないなら、猫でも大丈夫ね。今日はおまえもお食事会に交ぜてもらい

なさい、まお」

と言いながら、自分用のカレー皿から、スプーン2つ分くらいのカレーとごはんを取り分けて、まおの前に置いた。まおはよほどお腹がすいていたのか、すぐにそれに食い付いた。そして皿に分けられただけをあっという間に食べ切ってしまったまおだったが、次の瞬間に、思いがけないことが起こった。なんと、まおが急に苦しみ出したかと思うと、体全身を痙攣させて、今食べたカレーを口から戻しながら、その場に倒れてピクリとも動かなくなってしまったのだ。そこまでに要したのは、時間にして2、3分。誰かの悲鳴が会場内に響き渡った。

「待てっ!! みんなこのカレーを食べるなっ!!」

塔麻の声が大きく響いた。しかし、ほとんどの客は、すでにカレーをひと口ふた口、体内に入れてしまったところだった。そしてそれは須美や萌波も同じで、逸徒に至ってはもう3口ほども食べてしまっていた。だが幸いなことに、カレーを食べた他の誰からも体調の異常を訴える声は上がらなかった。察するに、カレーに異変があるのは、凜に分けられたカレー皿だけのようだった。

「凜、大丈夫!?」

礼子のヒステリックな声に、凜はわなわなと体を震わせながら、

「ええ、私はまだカレーを口に入れてなかったから……」

と答えた。そしてすでに動かなくなってしばらく経つまおの体を抱き締めながら、「まお、まお」と必死の叫びを繰り返していた。

「みなさん、そのまま動かないでください」

塔麻の指示で、騒然としていた会場内は少しずつ冷静さを取り戻していった。塔麻は素早く巌のもとに駆け寄ると、ひと言ふた言何かを巌と相談していたが、すぐに会場内の全員に向けて、

「すみません。今日のところはこのままお帰りください。それと、このことはすみませんが、他言していただかないようにお願いいたします」

とよく通る声で言った。たった今までなごやかだった場の雰囲気は一変し、誰もが表情を曇らせてひと言も発しないまま、お店の出入口へと歩を進め始めた。すると、これまでまおにすがって泣いていた凜が、つかつかと萌波の脇まで歩いてくると、いきなり萌波の頬を平手でパチンと叩いた。突然の出来事に周りの人間たちが驚いた顔で凜を見たが、凜はそんなことにはお構いなしに、萌波に向けて次のように言い放った。

「萌波ちゃん、あなたよね？　こんなことしてくれたのは。カレー皿を運んだのはあなたと私しかいないんだもの。あなた、私の席にカレー皿を運んでくる時に、何か余計なものを入れたでしょう？　ひょっとしてあなた、私を亡きものにしようとしたってこと？　いくら幸福値ゲームの勝ち目がなくなったからって、こんなやり方ってある？」

逸徒はびっくりして、激昂している凛と、その向かい側の萌波とを交互に見た。すると、涙を浮かべて震えている凛の顔を、静かな眼差しで涼しげに眺めている萌波の姿がそこにはあった。しかも萌波の顔には、凛を蔑むような冷ややかな笑みが浮かんでいたのだ。それは、これまでの萌波の優しい笑顔とは似ても似つかない、人を見下すようなぞっとするほど冷たい表情のように逸徒には感じられた。

…………あれがひょっとして『悪魔イエール』？　いや、確かに普段の萌波さんより冷ややかな顔をしてはいるものの、異常というほどの何かがある訳ではない。先日会った『ドゥマン』のほうが、明らかに普段の萌波とは違っていた。僕にはあれを『悪魔』と呼んでいいものには到底思えない…………

「凛、やめんか。萌波の仕業と決まった訳ではないだろう」

巌の声で、凛はもうそれ以上の追及を諦めて、動かないまおの体を抱き締めながら、お店を出ていった。同様に、ほとんどの人間がお店を離れていき、最後に残ったのは、お店の2人以外には、巌と塔麻、逸徒、須美、萌波の5人になった。

「塔麻くん、今日のことは君がよく調べてくれ。だが警察には言わない方が良い。こちらのお店に迷惑もかけるしな」

巌の話に塔麻は黙ってうなずくと、スマホを取り出してどこかに電話をかけ始めた。鑑識係の石田を呼ぶのだろうと、逸徒は思った。

その時、ふいに萌波が激しく体を震わせ始めた。そして、床の一点に視線を固定したまま、普通ではない様子で瞳を大きく見開いた。それを見た巌は、慌てた顔で逸徒のもとに駆け寄ると、

「逸徒くん、萌波を頼む。しばらくこの子の気持ちが落ち着くまで、車で一緒にいてやってくれ」

と言った。逸徒は驚きながらも黙ってうなずくと、すぐに萌波の手を取って、表に停めておいた車へと半ば強引に彼女を引いていった。

「須美は俺が乗せて帰るから心配するな」

塔麻の声を背中で聞きながら、萌波を助手席に落ち着けると、逸徒は目的地も決めな

いまま、とりあえず車を発進させた。

車は何とはなしに北に向かって進んでいた。20分ほど当てもなく走っていた逸徒だったが、ふと萌波が助手席から顔をこちらに向けて、自分の横顔を凝視しているのに気づいた。何かを言いたいのにそれを胸の奥にしまい込んでいるようなその寂しげな様子に、逸徒はドキッとしながらも平静さを装って、「気分はどう?」と尋ねた。

「ありがとう、逸徒さん。大丈夫ですよ」

そう言うとようやく萌波は逸徒から視線を外し、ダッシュボードよりも下のあたりに目の先を落とした。今日は赤茶色のドレス風のワンピースを着ていた萌波だったが、こんな時でも萌波の並外れた美しさは、逸徒の心に切なくて不規則な波紋を広げていた。

「ねぇ、萌波さん……」

乾いた声を無理に押し出すような具合に、逸徒が口を開いた。萌波が再び逸徒に注目すると、逸徒は一瞬間をおいた後、次のような言葉を口にした。

「君が密かに胸に抱えている心配事を、すべて洗いざらい僕に話してくれないか? 僕は心の底から君の力になってあげたいと思っている。だから君が悩んでいること、君が困っている部分を隠しだてなく、包み隠さず僕に教えてほしいんだ」

　すると萌波は小首を傾げて、「包み隠さず……？」と、不思議な言葉でも口にするみたいに、逸徒の言葉を反復した。そしてそれっきり黙りこくってしまった。逸徒は次の言葉に困って、様子をうかがうように、萌波の顔をそっと覗いた。するとそれに気づいた萌波が、かすかな笑みを頬の一角に浮かべると、ようやく次の言葉を口にした。

「あなたは、私が凜ちゃんを殺そうとしたと思ってる？」

　ドキッとして、逸徒は萌波の顔を見た。するとそこには、イタズラ好きな小学生のように、逸徒をわざと困らせようとしながら逸徒の目を覗き込む、逸徒の知らないもう一人の小悪魔的な萌波の顔があった。

「僕にはわからない……」

　迷いの言葉が、思わず逸徒の口をついて出た。綺麗な瞳を宿した、純真無垢な萌波という娘を一途に信じている自分が逸徒の中には確かに存在していたが、その一方で、自分の周りで目まぐるしく起こるこの娘を台風の目にした奇怪な出来事のあれこれに、検証作業が追い付かないまま、逸徒の心が混乱を続けていたのもまた事実だった。

　するとそんな逸徒の心根を見透かしたように、そっと逸徒の顔から視線を外した萌波は、独り言のように冷めた言葉をポツリと口にした。

「探偵さんのお仕事って、謎解きでしたっけ?」

その言い方はとても意地悪で、逸徒に対する辛辣な皮肉が込められていた。そしてそれきり萌波は、逸徒とは反対側の窓に顔を向けて、黙りこくってしまった。逸徒がそっと隣を観察すると、かすかに肩を震わせつつ、それを逸徒には懸命に悟られまいとしながら、静かに萌波は泣いていた。それは体の部品が外れて、悲しみに打ちひしがれている、まるで壊れやすいフランス人形そのままの姿だった。

「ふふふ……」

逸徒はなぜかそこで含み笑いのような声を上げた。「えっ」と萌波の口から、意図せず驚きの声が漏れた。いつの間にか車の先に視線を向けていた逸徒は、まるで独り言でもつぶやくような調子で次のような言葉をポツリと言った。

「君と出会ってから、もう半年ほどになるね……」

それは遠くの空を穏やかな眼差しで眺めながらの、唐突とも思える萌波との思い出話だった。違う人間が話しているのかと思えるほどに、これまでとはまったく違う声の調子に、頬の涙を手で払った萌波が驚いた顔でゆっくりと目を向けると、逸徒はかすかな微笑みを浮かべながら、さらに言葉を重ねた。

「実は答えは最初から決まっていたんだ」

逸徒の眼差しは、どこか切ない色を漂わせながらも、揺るぎのないしなやかさを秘めていた。確信に満ちた、まるで鉄でできているような強固な瞳が、フロントガラスの向こう側をキュッと睨んだ。

「僕は馬鹿だったよ。今になってから、それに気づくなんて…………」

萌波が逸徒の真意を測ろうとその顔に注目すると、ゆっくりとこちらに顔を向けた逸徒の口が、まるで知らない誰かが乗り移ったかのような落ち着き払った声で言った。

「僕と結婚を前提に付き合って…………。いいや。君に心の準備が整った時点で、僕と結婚してもらえませんか？」

萌波は一瞬、この人は何を言っているのだろうという顔をした。が、萌波の顔をその瞳の中央でしっかりと捉えながら、まっすぐな眼差しで自分の奥にある魂までも掴み取ろうとしている逸徒の真剣な表情を見て、彼が本心からその言葉を口にしていることを悟った。

萌波は指で瞳の涙を払いのけながら、おかしそうに笑った。

「私のことを疑っているのに、私と結婚するの？」

それは萌波の言う通り、とても奇怪な申し出だった。萌波の中のおそらくは『イエール』が凜を殺そうとしたかもしれないと逸徒が疑っているにも関わらず、その殺人未遂の犯人に逸徒は今まさにプロポーズをしようとしているのだ。それは誰が見ても、一見とても荒唐無稽で無謀な行動だった。が、萌波の意地悪な言葉を受けても、逸徒の態度にはまったくの変化がなかった。逸徒はもうすでに確定していることでも話しているような、まったくブレのない言い方で、続きの言葉を口にした。

「君が……いや、君の中の誰が、何を考えていて、これまでにどんな罪を犯しているのか、正直僕にはまだわからない。それを突き止めるのが仕事であるというのにそれができないでいるのだから、君に探偵失格だと言われれば、それに返すべき言葉はないよ。だが僕は君という人間の本質をよくわかっているつもりだ。君は他人が不幸になるような行動が取れる人では絶対にない。そして僕はそれを強く言ってくる僕自身の声を強く信じる。つまりそれは、表に表れている事象によってではなく、君という人間の本質の部分を、自分の声に従って最後まで信じようということだ。先日君の中にいる『ドゥマン』とも話したよ。そして彼女の瞳の奥にあるものも僕なりにきちんと見た。それによる僕の答えが、今僕が言ったプロポーズだ」

静かながら芯のこもった声で、逸徒はさらに言葉を続けた。

「ここのところ同じことばかりずっと考えていた。そして僕はようやく一つのことに気づかされた。僕が君を好きだというこの感情は、他のどんな事実によっても邪魔されるものではないってことを。だから僕は君のすべてを、ありのままに受け入れようと心に決めた。もし君の中に住む別の人間が、少しでも悪いことをする性質があるのならば、僕が君に寄り添って、粘り強くその人格を穏やかなものに変えていく努力をしよう。君が苦しい時は一緒に苦しむし、君が泣きたい時には一緒に泣くよ。君と一緒ならば、その苦労を背負い込むだけの覚悟を、僕は持つことができる。だからどうか、僕の望みを受け入れてほしい」

逸徒の顔を凝視しながら、淡々としながらも強い決意に満ちた話を静かに聞いていた萌波だったが、やがてその綺麗な瞳から大粒の涙が幾粒もポロポロとこぼれ落ちた。そしていつも通りの柔らかい笑みを浮かべると、逸徒の耳もとに唇を寄せて、次のように尋ねた。

「私が殺人鬼でも、私を愛してくれる?」

逸徒はハッと萌波の瞳を見た。そこには、逸徒の瞳の奥に何かの答えを見つけようとさかんに揺れている、深い湖のように澄んだ萌波という娘の魂の存在があった。

「うん、君が君である限りは」

逸徒の声はまったく躊躇のない強さで空間に響いた。萌波はいかにも嬉しそうな表情を浮かべると、頬に残った水滴を手のひらで払いのけ、こっそりと秘密の話でも打ち明けるようなささやき声で次のような言葉を口にした。

「あなたの回答は、私から言わせれば50点ですよ、逸徒さん。もちろん１００点満点中の50点です」

驚いた顔をしている逸徒の顔を穏やかな眼差しで見ながら、にっこりと笑った萌波がさらにイタズラっぽい口調で言った。

「50点を合格点と見るかどうかは、私の中で審議が必要です」

運命の結末

「本来なら最初に集まってもらった人たち全員の前で発表すべきものなのだろうが……」

広い会議室のコの字に並べられたテーブルの真ん中の席で、巌は椅子に座りながら口を開いた。そこにいたのは、他に榊、逸徒、須美、塔麻、萌波、凜、礼子だった。

「ここで決まった幸福値ゲームの最終結果は、後日すべての関係者に文書で知らせることにするから、まぁいいだろう」

「十分ですよ、おじさま。どうせ結果は最初からわかってるんですから」

素っ気ない言い方で、礼子が言った。

「では今日はお茶でも飲みながら、気楽な心持ちでお話しする場にしようか。実は今日は結果発表の日にふさわしく、腕のいい和菓子職人を呼んであるんだ」

巌はそう言うと、女性スタッフに客人を連れてくるように指示を出した。

一同が注目する中現れたのは、菓子職人のいでたちをしたこうさんと、開運堂でお店に立つ際の和のテイストの服を着た亜希だった。

「まぁ、こうさん」

「娘の亜希さんも……」

萌波と須美の笑顔の祝福を受けて、こうさんは照れたような顔でいつもの笑みを浮かべた。

「ほんとによかったね、こうさん。娘さんとももとの関係に戻れて」

須美が嬉しくてたまらないといった口調で言うと、こうさんはすぐに須美のほうに目を向けて、

「ありがとうよ、須美ちゃん。もとはと言えばおまえさんがお姉ちゃんや社長さんに会わせてくれたんだもんな」

といつもの屈託のない笑顔で言った。

「こうさんの人間としての温かさが招いた結果ですね」

逸徒がしみじみとした言い方で言うと、萌波も、

「私は心底、亜希さんが羨ましいわ」

と、柔らかで喜びを噛み締めるような微笑みを浮かべた。亜希が少し照れながら、「いやいや」と首を振った。

「みなさんはお父さんを買い被り過ぎてますよ。この人昔から外面はいいんですけど、中身はかなりいい加減な人なんですから」

娘のその言葉を聞いても、こうさんは嬉しそうにただにこにこしているばかりだった。

巌が言った。

「こうさん、ではお茶菓子のほうをお願いできますかな?」

こうさんは頭を一つ下げると、亜希とともに一旦退室し、すぐにこうさんが和菓子が乗った皿のお盆を、そして亜希がお茶の入った人数分の湯呑みのお盆を持って現れた。

「みなさんに食べてもらいたくて、丁寧に作ったんだよ」

一同の前に並べられた和菓子を見て、萌波が思わず尋ねた。

「これはひょっとすると、以前開運堂の銘菓だったというイチジクのお菓子ですね?」

「ああ、もう作るのは20年ぶりだからうまく作れるかなぁと心配したけど、体が覚えてくれたよ。みなさんのお口に合うといいんだけどな」

それは中にイチジクの果肉をそのまま閉じ込めた、四角い形の和菓子だった。イチジクを囲む周りの生地にもイチジクのエキスが練り込んであるらしく、酸味と甘さとが絶妙にマッチした、果物の美味しさが凝縮されているような一品だった。

「ほう、いつもの饅頭も美味しいが、これも悪くないですな。しかもあまり見たことのないお菓子だ」

巌が感心した様子でそう言った。

「美味しいです、こうさん」

「さすが開運堂の看板メニューだっただけのことはあるね」

テーブルを囲む人物たちの高評価の声を聞いて、こうさんは嬉しそうにしていたが、そんな彼の姿を見ながら娘の亜希もまた明るい表情を浮かべていた。するとそこでおもむろに巌が懐から何かを取り出した。確認するまでもなく、それは例のボイスレコーダーだった。

「さて、ではここらで仕上げの質問といきましょうか。すでに一度尋ねられているから、勝手はわかってますな、こうさん。今、娘さんとの関係性を取り戻して、開運堂に復帰も果たされたあなたの幸福値は１００点満点中の何点ですか？　今のお立場に戻られて一時的に嬉しいのはわかるが、全部が全部幸せだという人間などまずいないから、そこら辺も考えながら答えてくださいよ」

「そうだな……」

そこでこうさんは少しの間、時間を取って考えていた。そしてやがて自分の中での答えに行き着いたのか、巌の顔を見ると次のように言った。

「85点かな。とんでもなく恵まれた環境に戻れたのは間違いがないから、100点と言ってもいいくらいなんだが、今の立場に立ってみると、開運堂が抱えてる問題点があれこれ見えてきちまってなぁ。とても手放しで喜べる状態じゃないんだよ。むろん主な原因は長い間、店を空けることになった俺にあるんだが。だからこれからの俺の仕事は、胸を張って100%幸せだと言えるようになるために、亜希と一緒にお店の課題に取り組むってことかな」

瞳に力強さが戻ってそう語るこうさんの姿を見ながら、萌波は優しい眼差しでゆっくりとうなずいた。一同からのお礼の言葉を背中に受け、幸せなオーラを漂わせながら、こうさんと亜希はそこで退室していった。

「さて、ここで発表会は終わりだとみなさんは思っておいでだろうかな？　でも実は今日、特別にもう一人とびっきりのゲストをお迎えしているんだ。そのゲストを見たら、きっと君たちの一人残らずが、幸せな気分になること間違いなしだ」

一同はお互いに顔を見合わせた。狐につままれたような参列者の顔を見回して一人悦に入っていた巌だったが、ほどなく女性スタッフに声をかけてゲストに来てもらうように指示を出した。が、すぐに思い直して、

「あ、いや。わしが連れてこよう」

と言って席を立つと、そそくさと部屋から消えていった。

「幸せな気分……？　どういうことだ？」

逸徒が怪訝そうにそんな言葉を口にしたが、ほどなく巌とともに現れた人物を見て、そこにいる誰もが、天地がひっくり返らんばかりに驚いた。

「えっ、君はっ!!」

「琴里ちゃんっ!!」

巌の傍らに立っていたのは、驚くべきことに、先日心臓の不具合で亡くなったはずの琴里だった。みんながびっくり仰天して言葉を失っている中、琴里は、「お姉ちゃん」と言って、嬉しそうに萌波のもとに駆け寄った。萌波が慌てて立ち上がったせいでパイプ

椅子が後ろに音を立てて激しく倒れたが、そんなことはお構いなしに、萌波は琴里を力一杯に抱き締めた。萌波の瞳から大粒の涙がポロポロと床にこぼれ落ちた。

「騙して悪かったな、萌波くん。でもこうしないといけない訳があったのでな」

「よかった。本当によかった……」

萌波は嗚咽を繰り返しながら、琴里をしばらくの間ずっと抱き締めていた。

「手術は無事成功して、彼女はもう命の危険から脱した。今日は【チーム麦】の結果発表の日でもあると同時に、琴里ちゃんの快気祝いの日でもあるんだ」

気を利かせた須美が、萌波の隣のパイプ椅子を琴里に譲って場所を移動すると、琴里は嬉しそうに萌波の隣の席に着いた。そしてそれから体を横向きにしたまま、琴里は明るい笑顔でずっと萌波のほうを見ていた。

「【チーム麦】の君たちには、もう一つ報告しておくべき事柄がある。わしが琴里ちゃんに確認したところによれば、命の危機を脱して普通の子と同じように運動もできるようになった彼女の幸福値は70だそうだ。確かに家庭に恵まれない彼女にとって、幸せへの課題はまだまだあるとも言える。だから彼女の幸福値が１００になるように、わしも今後できる限り力になろうと思う」

「私も琴里ちゃんの、これからの幸福値アップのお手伝いをします」

萌波の柔らかな、それでいて決意の込められた凛とした涙声が、会議室に響いた。巌はそんな萌波を温かな眼差しで見ながら、さらに言葉を続けた。

「さて、では本来の幸福値ゲームの結果に戻ろう。先ほど聞いたこうさんの数値は、85引く20の65点だった。そして琴里ちゃんは、70引く10の60点だ。つまり【チーム麦】が獲得した点数は合計で125点で、これは【チームまお】の115点より10点多い。つまり今回の幸福値ゲームの勝者は、【チーム麦】の萌波くんということになる」

幸福値ゲームのことなど、すっかり頭から消えてしまっていた逸徒は、巌の話を聞いて、今さらのように驚愕の表情を浮かべた。慌てて萌波の顔に目を向けると、彼女もそのことはすっかり忘れていたと見えて、青ざめた顔をしながらかすかに震えていた。巌の話はなおも続いた。

「よって、わしの全財産並びに会社の全株式は、わしの養子に迎えた上で、ここにいる北須賀萌波くんにそのほぼすべてを相続させようと思う」

するとここまでの成り行きをじっと見守っていた凛が、巌の言葉が終わるや否や、肩を大きく震わせながらゆっくりと立ち上がると、眉の釣り上がった怖い顔で叫んだ。

「ありえない……。そんなのありえないっ……。いくら何でもそれはおかしいでしょ、おじさまっ！　だって萌波ちゃんは私を亡きものにしようとした人なのよ⁉　そんな人殺しにも等しい相手におじさまは、これまでおじさまが苦労して培ってきた富のすべてをあげてしまうって言うの⁉」

「凜の言う通りだわ‼　おじさまはこの精神を病んだ娘に騙されているのよっ‼」

凜の言葉に、礼子も激しく加勢した。巌はゆっくりと目を閉じると、静かな口調で怒りに身を震わせている美しい娘に語りかけた。

「前にも言っただろう、凜。あまり熱くなるな。おまえにも困らないだけのものは残してやるつもりだ。だから幸福値ゲームの結果を素直に受け入れて、萌波のことはそのまま認めてやってほしい」

巌の言葉を受けて、凜は口をへの字に結んだまま、きっとした目で萌波の顔を睨み付けると、再び椅子に腰を落ち着けた。頭が良くて思い切りのいい凜は、ここで騒ぎ立てることが得策ではないことを瞬時に判断したのだろうと逸徒は思った。

「おめでとう……と言うべきなんだろうね」

会議室での集まりが終わり、逸徒が何とはなしに一人立ち寄った【チーム麦】の作戦ルームには意外にも美しい先客がいた。まるで逸徒が来るのを待ってでもいたかのように、彼を椅子から見上げたその人物は、逸徒の言葉に、「ありがとう、逸徒さん」と言って、緊張気味に頬を硬直させた。萌波がここにいるのは、自分に話があるためだろうかと、逸徒がちらっと萌波の顔を覗き込むと、その心情を読み取った彼女が、

「巌さまに、ここに来るように言われたんです」

と静かに告げて、逸徒からすぐに目線を逸らした。自分に対してあまり関わろうとする気がないように見える萌波に、これ以上何を話せばいいのかわからずに、逸徒はテーブルを挟んだ向かい側へと回り込んだ。

「何だ、2人ともそのお通夜みたいな顔は」

部屋に入ってくるなり、巌はいつもの朗らかな調子で言った。

「萌波くんと2人で話すことがあったので、ここに来るように言ったが、逸徒くんもいたのなら好都合だ。3人じゃないと話せないことを先に話そうか………」

すると、萌波が静かに立ち上がってテーブルを回り込み、自分を目で追いながら驚いた顔をしている逸徒のもとに歩み寄ると、逸徒の左半身に自分の体をぴったりとくっ付

けた。そして突然の出来事にどぎまぎしている逸徒にとっては、さらに驚天動地とも思えるような言葉を口にした。

「私、この人と結婚します。お許しいただけますか？　巌さま……」

逸徒はその瞬間、体中の血液が沸騰するのかと思うほどの衝撃を受けた。そして驚きのあまり言葉を出せずにいた逸徒は、彼にもたれかかりながら、まるでそうすることを事前に決めてでもいたかのごとく自然に、逸徒の胸にちょこんと頭を押し当てている萌波のかわいらしい顔をそっと覗き込んだ。するとそこには……澄んだ瞳に明るい輝きを宿しながら、まるで小枝に留まって小休止している小鳥のような、美しくて緻密なフランス人形の姿があった。豊かなグリーンフローラルの華やかな香りが逸徒の体をも包み込み、まるで一つの固まりになってしまった2人は、その居心地の良さにどちらからも動くことができないまま、しばらくの間ピクリともせずにその場にたたずんでいた。

「許すも許さんもないよ。これでわしの肩の荷も下りるというものだ」

柔らかい眼差しで、2人の様子を間近で見つめていた巌は次に、

「ということは、逸徒くんもことの真相に気づいたということかな？」

と声を潜めるようにしながら萌波に尋ねた。

「いいえ、この人からの求愛は受けましたが、この人はまだ何もわかっていません」

萌波の言い方には逸徒に対する静かな愛情とともに、おかしさを噛み殺しているような雰囲気と、少しだけ不満めいたニュアンスも含まれていた。萌波の答えを聞いて、最初に呆気にとられたような顔をしていた巌は、やがて大きな笑い声を部屋中に響かせると、逸徒の肩をポンポンと叩きながら次のように言った。

「君はいたって興味深い男だよ、逸徒くん。君のやってることは今のところ50点だが、肝心なところでポイントを外さずにいてくれているから、まぁ良しとしよう」

そしてまだ事情を飲み込めないでいる逸徒を、面白そうに眺めながら、低いトーンでとある話を始めた。

「塔麻くんに言わせれば、最後にまだひと仕事残ってるらしいのだ。それが終わるまでは、まだ喜べる段階じゃない。そしてそれまでには君も、宿題である『夏休みの友』を完成させておくんだな。ま、せいぜい頑張りたまえ」

巌の言葉にはたぶんにイタズラっぽい要素が含まれていて、逸徒の眉を幾分険しい形に変えた。だがそんな逸徒の曇った顔を中和させるように、萌波の優しいささやき声が、まるで春のそよ風のように彼の耳もとに吹き込まれてきた。

「あなたに返事を返すよりも、巌さまへの報告が先になってごめんなさいね、逸徒さん。あなたの愛を私は喜んで受け入れます。その……私もあなたがずっと好きでしたから」

萌波は言葉の終わりとともに、恥ずかしげに目を伏せた。逸徒はまるで夢を見ているような幸せな気持ちを噛み締めながら、自分の手の中にようやく収まったフランス人形のかわいらしい横顔をそのままの姿勢でずっと眺めていた。

＊　＊　＊

「今日のように、土曜日であることが重要なんですか？」

塔麻が運転するＳＵＶの助手席で、逸徒が不審そうに尋ねた。後部座席の須美も、身を乗り出し気味にしながら塔麻の話に注目した。

「ああ。だがすぐに答えが出るかはわからない。萌波が永森社長宅のお手伝いに入るのは、火曜日と土曜日と決まっているから、そのどちらかであるのはたぶん間違いないと思われるが、火曜日は仕事が終わってからなので、全体の時間が後ろにずれ込むからね。俺がその立場なら、心情的には土曜日だろう」

「俺がその立場なら……」の俺が誰なのかをまだ知らされていない逸徒のもやもやとした気持ちは、同じ感想を抱いている様子の須美の不満げな質問が代弁することになった。

「所長、時間外であるこんな夜にまで駆り出されるんだから、私たちにもそろそろ教えてくれてもいいんじゃないですか？」

だが塔麻はただにこにこしているだけで、それに答える素振りはまったくなかった。

「そう言えば、所長。他にも伺いたいことがあるんです。例のカレーに含まれていた毒物のことですが、その後何かわかったことはあるんですか？」

すると塔麻は小さく首を振って、「いいや」と答えたのに続いて、

「実は永森社長の指示で、毒物についてはまったく何も調べていない。あの日石田を栗本カレーにわざわざ呼んだんだが、永森社長が必要がないと言ったので、そのまま帰ってもらった。だからあれがヒ素だったのか、青酸化合物だったのか、まったくもって不明のままだ」

「えっ、なぜ？」

「永森社長には、事件の概要が見えているからだろう。やった人間がわかっているのだから、これ以上余計な詮索をしてくれるなということだよ。身内がしでかしたことを、あ

まり大ごとにしたくないという心情がおそらくそこにはある」

その話を聞いた逸徒は、半分は納得しながらも、残りの半分は腑に落ちない思いを抱いていた。巌が萌波の仕業だと認識していたとして、一時的に彼女を庇ったところで、今後も萌波が次々に問題を起こしたのなら、例え社会的に影響力のある巌であっても、最後まで庇い切ることなど到底不可能に思えたからだ。

「カレー事件の検証はともあれ、肝心なのはこれから起こる事件を未然に防ぐことだ。俺の勘が正しければ、今夜あたり事態が大きく動くはずなんだ。あるいは今日ではない可能性もあるが、本人が今田さんに今日のことをさりげなく確認していた中身からすると、何となく今日のような気がする」

……本人？　今田さん？　所長が言っている本人とは、おそらく萌波のことだ。そして今日は、萌波が永森社長の料理を作るはずの土曜日……

やがて塔麻のＳＵＶは永森宅の手前３００ｍの道路脇を入った路地の一角に入り込むと、塔麻が目星を付けていた目立たない場所に車を停車させた。人目に付かないように行動することは職業柄よく心得ている３人は、足早に敷地に近づくと、垣根を乗り越え、一時的に切ってもらっている防犯システムをすり抜けて、勝手口から屋敷内に入り込んだ。そして塔麻の指示に従い、3人が広い台所近辺の別々の場所に身を隠した。逸徒が時計を確認すると、その時の時刻は午後5時20分だった。

それからおそらく1時間も経たない頃合いに、やがて3人が隠れている炊事場に萌波が姿を現した。3人が隠れていることなど知らない様子の彼女は、鼻唄を歌いながら手際よく何かの料理を作っていたが、30分ほどかけてそれが完成すると、料理を器によそって、小皿や箸やスプーンといった小道具類とともに、お盆に載せてそれをどこかに運んでいった。そしてその後も何度か行ったり来たりを繰り返して、食材やごはんやスープなどを運んでいた萌波だったが、運ぶのが一段落したタイミングで、しばらくの間、姿を見せなくなった。

……きっと今、永森社長と食事をしているところだな……

約1時間ほど後にまた姿を現した萌波の手には、お盆に載せられた食器類があった。何度か往復を繰り返して運んだものをすべて引き上げてきた萌波は、次に食器洗いをやはり鼻唄とともに手際よく終え、すべての作業を完了させて炊事場の電気を消した後、姿を消した。

……所長はまさかこれを見せるために、今日僕らを連れてきた訳じゃないよな……

それからしばらくの間は、何事もなくただ時間だけが流れた。あまりに空虚な時間の積み重ねに、逸徒が思わずうたた寝をしかけたその頃、もう深夜に近い時間帯に、炊事場の電気が再び点いた。

……おや、あれは誰だ………

炊事場に入ってきた人物は、萌波とは明らかにシルエットが違う相手だった。フードを被っているらしく、それが誰かは逸徒の位置からは確認できなかった。その人物は、鍋やフライパン類が置かれてある棚のあたりをさかんに探っていたが、やがて天ぷら鍋らしきものを取り出すと、それをコンロに掛け、炊事場に備え付けのサラダ油をそこに注ぎ始めた。やがてかなりの量を注ぎ込んだ後に、自分で持ってきたらしい５００mlのペットボトルの蓋を力を入れて回して外すと、その中のものを今の鍋の中にとぽとぽと投入し始めた。

……この匂いは………ひょっとして、ガソリン?……

「そこまでだ!!」

あっという間もなく、隠れていた塔麻がその人物に襲いかかり、見る間もなく床にねじ伏せてしまった。

「観念するんだな、凛くん」

「えっ!!」

慌ててその場に躍り出た逸徒と須美が、同時に声を上げた。塔麻が外したフードから露わになったその人物はなんと、【チームまお】で萌波と幸福値ゲームを競っていたもう一人の美しい娘、宮川凛その人だった。

「この天ぷら鍋に火を点けて、鍋の内側にも種火を持ってくれれば、今この子が注いだガソリンにたちどころに火が点いて、この屋敷中があっという間に火の海になる。すべてが燃えてしまった後で検証しても、一番激しく燃えていることを理由に、天ぷら鍋の火の消し忘れということになるのだろう。その頃には証言するべき永森社長も萌波くんもこの世にはいないということになるしな。萌波くんを育てた綾さんたち夫婦を殺したのと同じやり方という訳だ」

そこに、騒ぎを聞き付けて、寝間着姿の巌と萌波とが顔を出した。場の様子を見て、状況をたちどころに理解したらしい巌が、低い声で呻くように言った。

「なぜこんなことを……おまえは、わしを手に掛けようとしたのか……」

眉を陰らせて悲しげな顔つきをしている巌はさらに続きの言葉を口にした。

「こんなことでなければとずっと願っていたよ…………。疑いの気持ちを小さく持ってはいたが、まさかまさかと思いながら生活していた。綾を殺したのは…………おまえだったのか、凜…………」

するとお凜はきっとした目つきで巌を睨むと、唇をワナワナと震わせながら、ゾッとするくらい怖い声で次のように叫んだ。

「おじさまが悪いのよ。私がこんなことをしなければならないくらいに、おじさまが私とお母さまを追い込むから…………。おじさまは、私たち身内を差し置いて、萌波のことばかりかわいがり過ぎなんだわっ！」

いつの間にか逸徒の胸には、その柔らかい頬を押し当てて小刻みに震えている萌波の姿があった。逸徒は繊細な壊れ物を外敵から覆い隠しでもするように、大きく腕を広げてそんな萌波を優しく包み込んでいた。

「須美、警察に知らせてくれ」

鋭い声でそう指示を出した塔麻の顔を、凜がキッと顔を上げて睨み付けた。

「その必要はないわ」

そして次に巌のほうにパッと顔を向けた。

「自分の後始末くらい、自分でするわ。そういう娘だって、知っているわよね？　おじさま」

その言葉が終わるや否や、凛は塔麻に押さえられていた手をガリッと噛んで、塔麻が痛みに顔を歪ませている瞬間にその手を器用にすり抜けると、勝手口を通って外の暗闇へとあっという間に姿を消していった。

「しまった」

すぐに追いかけようとした塔麻を、巌が右手で制した。

「よせ、塔麻くん」

その強い言葉に、場の人間たちは皆、巌の顔を見た。

「もういい…………捨てておけ」

「しかし、永森社長…………」

「凛を追いかけるな。今日の出来事も警察には言わないでおけ。わしの屋敷に無粋な警官どもが大挙して上がり込んでくるなんて、それこそ考えただけでもゾッとするわ。今の凛とのやり取りはボイスレコーダーにも残している。裁くことは後でもできる。それより凛が今言った後始末を見ようではないか、あいつがわしの納得する落とし前とやらをちゃんと付けられるかどうか、わしはそれを見てから後のことを考える」

逸徒はその間もずっと、萌波を強く抱き締めていた。あまりに強い力で自分を締め付ける逸徒に、苦しそうに頬を上気させながらも、萌波はとても嬉しそうな表情をしていた。やがて逸徒が耳もとで優しくささやいた。

「やっぱり君じゃなかったんだね…………。でもほっとしたよ。自称殺人鬼のフランス人形さん……」

すると萌波は、うふふと笑いながら、

「私は自分を殺人鬼だなんて言っていないわ。私が殺人鬼でも愛せるかって訊いただけよ」

と澄ました顔つきで言って、再び逸徒の胸に顔を埋めた。

「わしにもちゃんとした跡取りができたことで、いつあの世にいっても大丈夫という気がしてきたよ」

見晴らしのいい社長室の窓から外に目を向けながら、巌は明るい口調でそう言った。あの世にいくという言葉と巌の元気さとの落差に思わず苦笑いしながら、逸徒はこれまで疑問に思っていたことを、巌に直接訊いてみようと思った。社長の机の隣には、秘書用の机もあり、その席で穏やかな表情の萌波が、逸徒を見守っていた。

「永森社長は、一連の不審な出来事……脅迫状、こうさんが襲われたこと、栗本カレーでの毒入りカレー騒動が、凜さんによるものだということを、いつから知っていたのですか？」

すると、巌は逸徒のほうに顔を向けると、ふふふと笑いながら、次のように語った。

「それはいい質問だね、逸徒くん。君には気の毒な話なのだが……」

そう言いつつ、逸徒の肩に手を置いて続きを口にした。

「最初に脅迫状が届いた時から実はわしも萌波くんも、これが凜の仕業だということには、すでに薄々気づいていたよ。わしらは凜の性格を、昔からよく知っていたからね。だからわしは凜に、騒ぎを起こすなと2度、やんわりと警告もしていた。だが凜はそれを、自分への警告だとは思わなかったのかもしれん。後悔もあるが、あの時のわしにあれ以上の働きかけは無理だった。確証もない中で『おまえの仕業なのか？』とはまさか訊ける訳がない」

逸徒はその言葉に少なからず衝撃を受けた。萌波がそこで説明を加えた。

「私に脅迫状が届くとすぐに、巌さまにも同じものが届いたことを教えられました。私にはその時点でピンと来るものがあった。私の机を開くとすぐに私がいつも使っている便箋が常に置いてあって、そのことを知っているのは、私以外では凜ちゃんくらいのものでしたから。頻繁に出し入れしている便箋だから、まだ無地のページにも私の指紋が残っていたのでしょう。きっと凜ちゃんはそれを見て知っていたんです」

「塔麻くんがわしに指摘したのは、便箋からは検出されている萌波くんの指紋が、封筒からは出なかった点だ。これはよく考えればとても矛盾した事実だ。便箋に指紋を残すというまるで警戒心のない犯人が、封筒だけ手袋をして操作したというのはどう考えてもおかしいからね。その話を聞いた時点で、塔麻くんにはいずれ腹を割って凜のことも話さねばと思っていた」

「でも何で凜さんはあんな脅迫状みたいなものを出したんでしょう?」

「それはおそらく萌波くんの異常性を、最初から周りの人間に植え付けておくためだ。実際に君のように騙される人間もいたのだから、彼女の企てはそこそこうまくいったと言えるんじゃないかな。で、幸福値ゲームに勝てるなら良しだが、万が一負けそうになった場合は、萌波の犯行に見せかけて何か良くないことをしでかそうとしていたのかもしれん。実際にこうさんを殺そうとしたのは、幸福値ゲームにおける勝利を確定させたかったからだろう。で、それを精神的にトラウマを抱えている萌波の仕業と思わせたかった訳だ。だがこうさんの殺害は彼女の意に反して未遂に終わった。わしが琴里ちゃんを亡くなったことにしたのは、凜が琴里ちゃんに対しても何をしでかすかわからなかったからだ。萌波くんには気の毒なことではあったが、琴里ちゃんが亡くなったことに真実味を持たせるために、萌波くんにも本当のことは教えなかった」

巌の言葉を逸徒は、これまでの記憶と照らし合わせるようにしながらただ静かに聞き入っていた。穏やかな表情の萌波が、巌の話では足りない部分の説明を加えた。

「実は私が今使っているグリーンフローラルは、学生時代に凜ちゃんからプレゼントされたものなんです。とてもいい香りだったので、そのまま使い続けていたのだけれど、結果的には私を陥れるためのアイテムにされてしまった。でも私の20歳の誕生日にプレゼントを贈ってくれたあの時点では、彼女の中にあったのは私に対する祝福の気持ちだけだったのだと私は今でも信じています。とても嬉しかったので、彼女の20歳の誕生日には、今度はお返しに私が、プリンが大好きな凜ちゃんのために、当時美味しいと評判だった都内のプリン店に足を運びました」

「でも、それなら……」

逸徒は納得がいかないという顔で、巌と萌波の顔を交互に見比べながら言った。

「なぜ早い時点で僕にもそのことを教えてくれなかったんですか？　凜さんがすべてを裏で画策していたと知っていたなら、僕たちの捜査ももっとスムーズにいっただろうし、僕がこんなに……悩んだり、苦しむこともなかったのに……」

「ごめんなさいね、逸徒さん……」

萌波が釈明しようとするのを、巌が目配せで制して、萌波の話の続きは巌が引き継いだ。

「気を悪くせんで聞いてくれよ、逸徒くん。それはな、平たく言うと君をテストしていたからだ」

「テスト……？」

「そうだ。わしは塔麻くんが言うところの、君が持つという人の本質を見抜く目というものが見てみたかったのだ。だから、塔麻くんとは今回の一連のいざこざに絡む細かい情報の共有はしていたものの、逸徒くんにはその中身は限定的にしか伝えないようにと頼んであった。あくまでも今回君にお願いしたのは、萌波くんの幸福値ゲームにおけるサポートであって、犯人探しではない。犯人探しは、だから今回は塔麻くんの役割だったという訳だ」

その話を聞いてもなお、逸徒は腑に落ちないといった顔をしていた。

「でもそれならなぜ僕のことをテストする必要があったんですか？　永森社長の単なる興味本位の話でしょうか？」

「いいや、それはな……」

するとそこで厳は意味ありげにニッと笑うと、次のように言った。

「君が萌波くんの相手として、合格点を与えられる人間かどうかを見ていたのだ」

「えっ!!」

逸徒が萌波のほうを振り向くと、萌波はバツが悪い顔をして、何とも言えない表情を浮かべた。

「萌波くんを責めるな。すべてわしの差し金だ」

そう言うと、厳は真剣な顔つきになって逸徒を見た。

「つまり今回君という人間に幸福値ゲームのサポートをお願いした時点で、君は萌波くんの夫として適格かどうかをわしら２人が審査していたということだ。わしと萌波くんにとって大事なのは、君という人間が探偵として有能かどうかということより、萌波の本質を見極められて、彼女を真剣に愛することができるか、幸せにできるかのほうが重要だった。その意味において君は十分に合格点を得ることができたと言える。一連のいざこざが凜の仕業によるものだというところまで、限られた情報で辿り着ければなお素晴らしいと思ったが、さすがにそれは難しかったようだがね。わしが50点と言ったのはそういう意味だよ。それと凜のことなのだが……」

そこで巌は、これまでとは違う苦々しい顔つきで眉間にしわを寄せると、口に出すのも億劫だという物言いで、次の言葉を吐き出した。

「君に凜の性根が見抜けなかったのは、まったくもって君の能力不足が原因なのではない。あいつには……というより、わしら一族には、人を欺くのが天賦の才能として備わっているのだ。言わば他人を蹴落としても、自分だけ生き残ろうとするケモノの血だ。だがわしはこのことをこれ以上は話したくない。わしにとって触れてほしくない部分だ………」

眉間にしわを寄せた逸徒が、凜の瞳の色を思い出そうと床のある部分に視線を向けた時、巌はまた朗らかな口調に戻って、萌波と逸徒との続きの話を語り始めた。

「わしと萌波くんは、君の人を見る目について、何度か話し合ったよ。萌波くんはこう言った。あの人はきっと私の本質を見抜くはずだと。私が人を殺めるような人間ではないとわかってくれるはずだとね。だがわしはそれについては懐疑的……というよりむしろ否定的だった。凜が仕組んだこれだけのネガティブな事象が重なれば、たぶん普通の男なら、心の中に別の人格を抱えた萌波くんが行った犯行だと思うだろう。人の本質を見抜く能力に長けているという君だって例外ではない。そして謎が解けないまま、萌波くんに君が求愛することなど、まずありえないと思った。だって、凶悪事件の犯人とおぼしき相手を恋人、ひいては人生の伴侶にすることなど、普通は考えられないことだからな」

そこでニヤリと笑うと、さらに巌は言葉を継いだ。

「だがここでわしの想定外のことが起きた。それは一連の謎解きが完了していないにも関わらず、君が萌波くんに求愛したことだ。しかも君は萌波くんが殺人鬼であっても受け入れると言ったという。これはわしには驚天動地の出来事だったよ。つまり君は、謎解きの正解には辿り着けなかったものの、萌波の本質を見抜くという一番の課題は見事にクリアしてくれた。萌波くんが言う通り、彼女を本当に幸せにできる男は君だということを、わしの目の前で証明して見せてくれたという訳だ」

「私がそれを確信したのは、逸徒さんに最初に触れられた瞬間でした。私を形作っている細胞の一つ一つが、あなたを受け入れていた。傷付いた私のすべてが、あなたなら大丈夫だと言っていたのです」

萌波は涙で潤んだ瞳を指で払うと、いかにも嬉しそうな笑顔を顔に刻んだ。

「でもそれならば………。その………もう一つだけ聞かせてください。僕はいつから萌波さんの相手候補になっていたんですか？」

逸徒が恐る恐る巌に尋ねると、ふふふと笑った後に、「ほら、見たまえ」と言いながら、巌は窓の向こう側に視線を落とした。逸徒が巌の視線の先を辿って目を凝らすと、そこには道向かいの雑居ビル前の花壇があった。

「君たちが朝、花壇の前で話しているのをここで何度か見ていたよ。萌波くんのあんなに嬉しそうな顔を見たのは、わしも初めてだったからな。それを受けて、君の後を付けるようにと萌波くんに進言したのはわしだ、ふふふ」

フランス人形は静かに笑う

「もうすべてが嬉しくて嬉しくて……。ゆうべ一人で飲み過ぎちゃったせいで、二日酔いもいいとこだよ」

須美が生あくびをしながらたぁくんを、荷物で膨らんだ作業袋の余白に入れた。この日、逸徒と須美とは、もう役割を終えた【チーム麦】の作戦ルームの店仕舞いのための備品整理に駆り出されていた。

「でも今朝起きたら、何だか違うんだよな。心にポッカリと穴が空いてるって感じで。兄貴と萌波さんはもう結婚しちゃうしさ。幸せが待ち構えてて、ほんと羨ましいよ。私だけ置いてけぼりみたいな感じだし……。私も所長みたいに、動物でも飼おうかな」

「おまえにちゃんと面倒見れるのか？　結構大変だぞ、生き物は」

須美はこれ見よがしにため息をつくと、「兄貴の面倒見てる私に、それ言うか？」と毒突いて、唇を尖らせた。

「荷物はこれで全部だし。どうしてもって言うなら、行ってもいいよ、ペットショップ」

「気晴らしだよ、気晴らし」

誰かにメールを送っていた逸徒は、嬉しそうな須美を助手席に乗せると、車で30分の距離にある、古民家を改築したとある小ぢんまりとしたペットショップまで車を走らせた。

「知ってるお店なの？」

「ああ。でも来るのは初めてだよ」

「何それ。それは知ってるって言わないでしょ」

2人が扉を開けて店の内部に足を踏み入れると、奥の椅子で本を読んでいた女店主が、

「いらっしゃい、お2人さん」と、まるで2人の到来を予期していたかのような、明るい声を上げた。

「えっ！　あれっ、あなたは……」

それは美魔女の山本さんだった。須美は慌てて扉まで戻って、頭を外に出すと、お店のプレートを確認した。すると、入る時には気に留めなかった玄関先にぶら下がってい

る木彫りの板に「梨理庵」という文字が見えた。

「りりあん⁉」

「ああ。梨理庵とは、実はこのお店の名前なんだよ。山本さんの下の名前が梨理《りり》だからね」

「よく調べたわね、逸徒くん。さすがは探偵さん」

山本は手を叩く素振りをしながら、にっこりと笑った。驚いた顔の須美が改めて店内を見回すと、犬や猫のみならず、ヘビやトカゲ、小鳥や他の小動物たちが狭い店内に種々雑多に存在していた。

「つまり所長は、この店から動物たちを持ち出しては、『梨理庵』と呼んでいたという訳ね。でもその『梨理庵』は所長にとって、愛が過ぎる相手で、玄関先で『出掛けてくれるな』と言ってきかないとか言ってたけど……」

するとと山本はふふふと笑いながら、少し照れたような様子で、次のような話をした。

「パランちゃんの話は大袈裟なのよ。確かに『別れるのが寂しい』とか言っちゃったりはしたけどね」

「えっ！　つまり山本さんは所長と……そういう関係ってことですか⁉」

山本はにっこりと笑って肩をすくめると、「ご想像にお任せするわ」と言ったきり、それ以上余計な話を口にはしなかった。

「メールの通り、猫を見せてもらいに来たんです」

逸徒の言葉に、山本は5つ並んだガラスケースのうちの猫用の2つに2人を案内した。

そこには、じっとしている灰色の仔猫と、ぬいぐるみ相手にじゃれている白とオレンジ2色の仔猫とが、そのおのおののケースにかわいらしく存在していた。

「わぁ、かわいい。どちらにしようかな。こっちの灰色のほうかな」

須美の言い方は、もうすっかり飼うことが決まっているかのような口振りだった。

「飼いたいのは、須美ちゃんのほうなの？」

「ええ、まぁ」

須美が嬉しそうに言うと、山本は急に険しい顔つきになって、次のような言葉を口にした。

「じゃあ、売ってあげられないわ」

「えっ、どうして!?」

「悪く思わないでね。うちは若い女の子にはペットを売らないことをポリシーにしてるの」

「え、なぜですか?」

須美のみならず、逸徒も驚きの声を上げた。すると山本は、悲しいとも虚しいともつかない、微妙な表情を顔に浮かべながら言った。

「私のようになってほしくないからよ。仔猫飼い出したら、婚期を逃すでしょ?」

帰る車の中で、須美は「何よ、あの話」と、不満が収まらない様子で、ずっと不機嫌のまま、ぷりぷりと怒っていた。逸徒はそんな須美を見て、おかしそうに笑いながら、

「僕は気に入ったよ。人生相談までしてくれるペットショップ。さすがは所長のお相手だね。お金じゃないんだ」

と言って、フロントガラスから遠くの雲に視線の先を置いたまま、ふふふと込み上げてくる笑いを、噛み殺していた。

＊　＊　＊

「美織ちゃん、実は俺、謝らなければいけないことがあるんだ………」

２人が籍を入れてからもう２ヶ月が経とうとしている時期に、苦渋に満ちた顔つきで麟太郎は喉の奥のほうから絞り出すような言葉を口にした。夕食のハンバーグを焼いていた美織は、いつもと違う麟太郎の様子にただならぬ気配を感じて、さいばしを持つ手を止めた。

「なぁに、りんちゃん……」

何か怖いものでも覗くようなおっかなびっくりな口調で、美織がポツリと言った。だが麟太郎はそれにすぐには答えず、ビールのグラスをいつもと違う急な角度で口に傾けた。

「ねぇりんちゃん。私たち隠し事はしないって、約束したわよね？」

優しい口調でそう言った美織の声は、なぜか麟太郎にもすぐにわかるくらいに震えていた。驚いて麟太郎が美織を見ると、彼女の目から大粒の涙がいくつもこぼれ落ちた。麟太郎は自分が口火を切ったにも関わらず、美織の涙の意味がわからずにただ彼女を凝視していた。

「私わかっていたわ。この日が来るっていうことは。だからいいの。もうこれ以上私に気を遣わないでいいのよ、りんちゃん」

「えっ」

美織はコンロの火を止めると、溢れる涙をキッチンペーパーで拭いて、キッチンから出ていこうとした。麟太郎は慌てて、そんな美織の腕を掴んで、自分のほうに顔を向けさせた。そして「どうしたんだ、美織ちゃん」と怖い形相で尋ねた。

「私知っていたわ。ここまでの結婚生活がすべて、絵空事だったってことが」

「えっ！」

麟太郎は驚いて、まじまじと美織の顔に見入った。相変わらず溢れ出る涙を払おうともせず、美織は静かな口調で言葉を継いだ。

「あなたが北日本総合地所の凜さんとやり取りしている文面を、あなたのいない時に置いてあったスマホで偶然見てしまったの。いけないことだとは思ったけど、あなたみたいに素敵な人が私と本気で付き合っていることが私にはどうしても信じられなかった。だからあなたが凜さんから１０００万円をもらう約束で、その気もないのに私と一緒になることにしたことも、実は結婚する前から知っていたわ」

「え……………。そうか……………。あれを見られていたのか」

バツが悪いような仕草で麟太郎は、美織の目から一旦視線を逸らした。そしてもう一度美織の瞳を覗き込むと、次のように尋ねた。

「結婚前にそれがわかっていて、なぜ君は僕と結婚したんだ」

するとそこで、美織は悲しそうに目を細めた。美織の瞳に溜まっていた涙の粒が一気に頬を伝って床にこぼれ落ちた。

「あなたが好きだったからよ、りんちゃん」

その言葉を聞いた瞬間、麟太郎はその大きな両手を広げて美織を抱き締めた。思いもしないいきなりの出来事に、美織は驚いたように麟太郎を見た。

「よかった。それなら問題ないよ」

「えっ」

「僕が謝らなければと言ったのは、まさにこのことを君に隠していたこと自体さ。確かに僕は不誠実な男だった。お金に目がくらんで君と一緒になったのは、本当のことだよ。相手探しに困ってる君なんて、僕が言い寄ればどうにでもなると思った。そして結婚して少し時間が経ったところで別れてしまおうと。君に愛を抱いていない僕のことなど、君だってどこかで嫌気が差すだろうから、そのタイミングを逃さないで別れてしまおうと思っていたんだ。男にとってバツイチであることは、さほどハンデにはならないとも聞いていたし。

でも君と一緒にいるうちに僕は、君がとても素敵な女性であることを知った。そして君と一緒にいる時間が何をしてるよりも楽しいってことに気づいたんだ。君の作ってくれる料理もとても美味しかった。そして時を重ねるごとに、君のことが好きで好きでたまらなくなっていった。

君は美しくて思いやりがあって、しかも明るくて素直な性格の、僕にとってはとても居心地のいい女性だ。少し天然なところもあるけど、それも僕にとってはかわいいと思えるくらい、僕は本当に君のことが大好きなんだ。今の僕にとって君以外のパートナーを考えることなどできないよ」

そこまでを言うと、麟太郎はポケットから用意していたものを取り出した。それは指輪の入ったケースだった。

「結婚指輪は買ったけれど、婚約指輪はまだだっただろ？　順序が逆になってしまったけど、受け取ってくれるかい？」

麟太郎がケースから取り出した、美織の誕生石である真珠の指輪を見た途端、美織はその場に泣き崩れてしまった。美織の目からは涙が次から次へと溢れてきて、それを見守る麟太郎は、ただ静かに美織の気持ちが落ち着くのをじっと待っていた。

「りんちゃんがおかしな仕草をするものだから、私てっきり今日は別れを切り出されるものとばかり……」

「うん。悲しい思いをさせてごめんね」

「私、これからもりんちゃんのことを好きでいていいの？」

「ああ、だから僕のことも許してくれるかい？」

「私、りんちゃんが私のこと好きじゃなくなっても、ずっとずっとりんちゃんのそばにいるわよ？」

「もちろんだよ」

美織はそこで、嬉しさに満ち溢れた笑顔を見せた。麟太郎はそんな、本当の意味で自分の妻と呼ばれる立場になった愛おしい存在の相手をもう一度しっかりと両腕で包み込んだ。

美織は静かに瞳を閉じると、自分の中にもう長いこと住み着いて離れずにいた悲しみの魔物にそっと別れを告げた。

＊＊＊

「永森社長、いつになく楽しそうですね」

隠れ家レストラン『アグレイア』のメインテーブルを、珍しいことに鼻唄を歌いながら、自らかいがいしく飾り付けて回っている巌を見て、逸徒が声をかけた。巌は山のように用意されている可動式キャビネット一杯の生花を、テーブル上の花器に活けて回る役割を自ら買って出ていた。

「そうかね。だって今日は萌波くんのサプライズ誕生日パーティーだぞ。こんなに楽しい催しはまたとないよ」

まるで子どものようにはしゃいだ口調で話す巌を、苦笑い気味に見ながら逸徒は言った。

「サプライズって言っても、萌波さんはこのことを知ってるんでしょう？　大体ここで毎年同じように誕生日パーティーやってるって聞きましたよ。それってはたしてサプライズって言うんですかね」

「いやいや、君はまだよくわかっとらんな。萌波くんがわしのもとに来た時からもう20

年近く、わしはあの子が驚くような企画を毎年考えてきたんだ。サプライズの意味は、誕生日パーティーの開催自体がサプライズなのではなくて、その中身がサプライズなんだよ」

「じゃ今年のサプライズは何なんです？」

すると巌は、ふふふと笑ってわざわざ逸徒の近くまで来ると、その耳もとに口を寄せて、「教えてやらんよ」と言った。逸徒は苦笑いに眉間のしわを加えて、ただ黙ってそんな巌を見守るしかなかった。

「本筋のサプライズをまだ教えてやる訳にはいかんが、もう一つの軽いほうのサプライズなら、君にもぜひ知っておいてもらいたいものだね。さっきから『アグレイア』のこの大広間に、ＢＧＭとしてモーツァルトの弦楽四重奏曲が流れてるだろう。実はこの曲は、この部屋に入ってきた人間たちの中身と表情とをカメラで見ているＡＩが瞬時に判断して、数あるクラシック曲の中からその場に合った雰囲気のものを勝手に流しているんだよ」

「えっ、それは凄いことですね。でもこの部屋にそんな機能、以前からありましたか？」

「いや、導入したての技術だ。最近とても有能な技術者を雇ったのでね。彼は若いがとても使える男だ」

「え、その男って、ひょっとして……」

「ああ。萌波くんが連れてきた、住む所を失って途方に暮れていた天才的なシステムエンジニアだよ。今は北日本総合地所のシステム全般の責任者になってもらっている」

驚いた顔の逸徒を満足げに見ながら、巌が飾り付けをほぼ終わらせ、適当な場所の椅子に座って一息ついていると、今日の主役である萌波がやって来た。まるで貴族を彷彿とさせるような、赤と白と緑の布地を見事に調和させてできた秀逸なデザインのドレスに金や黒の装飾品があちこちにちりばめられたその衣装は、萌波の美しさと気品を最大限に引き立ててくれているものだった。

「凄～い。これも萌波さんのデザイン？　本物の女王様みたい」

須美が目を見開いて感嘆の声を上げた。萌波は少し照れながらも、「この者にご褒美を」と女王様風に気取って言った後、いつもの柔和な笑顔になりながら、「ありがとう、須美ちゃん」と、とても嬉しそうに目を細めた。

「ねぇ、萌波さん、僕にとって一生の不覚とも言うべき出来事を聞いてくれないか？」

逸徒が萌波の顔を見ながら、苦笑いともがっかりともつかない表情をしながら言った。

萌波が何事かと逸徒を見ると、真剣な顔つきに変わった逸徒の言い訳めいた説明が始まった。

「今日が萌波さんの誕生日だと聞いた僕は、萌波さんにふさわしいプレゼントをと思って、いろいろ考えたんだ。そしたら須美が、お花をもらって嬉しくない女の子はいないとか言うもんだから……」

「ひどぉい。兄貴、私のせいにする気だ」

そこで逸徒は頭を掻くと、さらに説明を続けた。

「で、僕としては思い切ったお金を出して、かなり大きな花束を買ったつもりだったんだけど……」

「ほうほう、それでどうしたんだね？」

いかにも楽しそうに巌が横から声をかけてきた。逸徒は苦々しい顔で笑いながら、

「永森社長はこの話のおちをすでにご存知じゃないですか」

と言った後、さらに話を続けた。

「で、意気揚々と花束を抱えてこの部屋に来たんだけど、ここに入るなり僕は愕然としたよ。だってこの部屋にはすでにこんなにもたくさんの花々が飾られているんだもの。結

局そこの一角に置かれている花束のうちのどれかが僕のものなんだけど、たくさんの花に埋もれてしまって、今やどれが僕の花束だったのかわからなくなってしまっているんだ」

するとｹ巌がにっこりと満面の笑みを浮かべながら、

「残念だったな、逸徒くん。確かに君とわしとでは、萌波くんに使ってる金額の桁が、少しばかり違っているのかもしれないからね」

と言って、さも悲しそうな顔を作って見せたが、その頬の隅には隠しようのない笑みが漏れていた。

「大人げないですよ、永森社長」

須美が不満げに声を上げると、巌はなおもにこにことしながら、

「いやいや、まだまだ逸徒くんには、世の中の厳しさというものを知ってもらわなければいけないからね。嫌な役目だが、これも年長者の役割ということだよ」

と、わざとらしく眉間にしわを寄せながら、笑いを噛み殺した低い声で言った。

「逸徒さん、ありがとう。私の瞳に今涙が浮かんでいるのは、あなたのプレゼントの意図が、私の胸の中心を射抜いているからです。あなたのお陰で、今、私は最高に幸せな

26歳です」

　萌波が人の心をとろかすような笑顔を浮かべながら、ひと言ひと言を噛み締めるように感謝の言葉を述べた。萌波の体全体から醸し出される優しい雰囲気が、その場にいる人々の頬に柔らかな笑みを作ると、会場内がなごやかさで満ちた素敵な空間へと変わった。

　逸徒の花束とおぼしき包みを、花々の一角から選び出した萌波は、それを自分の席のテーブルの隅に、大事そうにそっと置いた。

「今日は他に誰が来るんです?」

　テーブルに並べられている皿類を見ながら、逸徒が巌に尋ねた。

「ああ、例年はここにわしの親戚数人と会社の者も何人か呼ぶんだが、今年はがらっとメンバーを変えたよ。といっても君たち【チーム麦】のメンバーに塔麻くんと榊を加えただけだがな」

　巌の言葉を聞いて、空いている席に目を向けた須美が、思わずポツリと言った。

「あれ、残りの椅子が3つ。榊さんと所長と、残り1つは誰?」

　すると巌は、眉間にしわを寄せながら、

「毎度くだらないところに気が付くのが玉にキズだな、君は」

と苦笑い気味に言ったが、須美の疑問への明確な返答はしなかった。

「今日は私までお呼びいただいて恐縮です、永森社長」

その時巌の後ろから、みんなが驚くようなタイミングで聞き慣れた声が聞こえてきた。巌を含む出席者が思わずぎょっとして、声のする方向に目を向けると、そこには人知れず移動して他人を驚かせるのが趣味の、塔麻の人を食ったような笑顔があった。しかも彼の腕の中には、大事そうに抱えられて眠っている、逸徒にも見覚えのある灰色の仔猫がいた。

「ああ、私の仔猫ちゃん……」

須美が思わず漏らした声に、逸徒がふふふと笑った。

「ああ、よく来てくれたね、塔麻くん………。君が陰で支えてくれたから、今回の大きな成果に結び付いたと言ってもいい。今日の喜びの日に君を外す訳にはいかないよ………。にしても、またかわいい仔猫だね。名前はあるのかな?」

「知ってるよ。どうせ梨理庵とか言うんでしょ」

口を尖らせながら、憎々しげに放った須美のひと言を聞いて、塔麻は眼鏡の向こう側の目をキラリと輝かせると、「おまえには抱かせてやらんぞ」と、いかにも挑発的な言葉を口にした。

「子どもかよ」

悪態をつく須美に、逸徒はあははと笑った。

その時入口のあたりから、甲高い子どもの声が響いた。そして振り向いた一同の視界に、萌波の胸に向かってまっすぐに飛び込んでくる小さな少女の姿が映った。

「お姉ちゃん！」

「琴里ちゃん！」

萌波は満面の笑みで駆け寄ってくるその相手を、しっかりと両の腕で抱き留めた。すると琴里が来た道を、琴里を連れてきたらしい榊が、いつもの慇懃な顔つきでゆっくりと歩いてきた。

「今日のサプライズはこれだよ。実は今日この子をここに呼んだのには、重大な訳がある。なぜならこの子にとってここは自分の家になる可能性があるからだ。わしはこの子を……琴里ちゃんを引き取ることに決めたんだ」

「えっ!!」

萌波を始め、一同が驚きの表情を浮かべた。

「ただし、話はそう簡単には進まない。いろいろと法律的に難しい問題が横たわっているからな。だがわし側の熱意と琴里ちゃんの気持ちとが一致していれば、きっと乗り越えられない壁などないとわしは信じている。ついては、萌波くんと逸徒くん、君たちにもわしの願いが成就できるように協力してもらいたいのだ」

「ええ、もちろんです、巌さま」

「僕も力になります……」

まだ離れずにいる琴里をいとおしい目で見つめながら、萌波はにっこりと微笑んだ。そしてそれを見守る大人たちのすべてが一瞬、とても優しくて幸福な気持ちで満たされた。

逸徒には萌波と琴里の周りにだけ、まるで愛情が隙間なく敷き詰められた別の空間ができ上がっているようにも思えた。

「26歳の誕生日を迎えた萌波くんは、大袈裟ではなく、わしがこれまで見た中で一番綺麗に見えるな」

目を細めながらそうつぶやく巌の言葉に、最愛の相手を遠巻きに眺めながら、逸徒も嬉しさを隠そうともせずに大きくうなずいた。今日の萌波は自分が愛する者と、自分を愛する者たちに囲まれ、幸せに裏付けられた眩しいほどの美しさにその身を浸しながら、何の変哲もないただの空間を、自らの体から放つ慈愛に満ちた光によって、愛と優しさに溢れた夢の園へとじわじわと変えていっているようでもあった。

＊　＊　＊

「こちらです」

塔麻の案内で埠頭の外れへと足を踏み入れた巌は、かすかに視界の隅に映る、鮮魚市場で賑わう港を遠目に見ながら、黙ってうなずいた。ここは延々と続く防波堤が切れている沿岸の一角で、小さな船が出入りする小さな埠頭のさらに外側にある崖のような場所だったが、ノリ面のようなコンクリートの上部から水面までは数mの高さがあった。

「私の警察時代のつてを辿って、この件の捜査に関わった人物に話を聞くことができましたが、ちょうどこのあたりのようですね、その人物が飛び込んだというのは」

そう言いながら、塔麻は懐から写真を取り出して巌の目の前に差し出した。写真は2枚あり、1枚目はコンクリートの上に揃えられて置かれた女性ものの靴と靴下の写真。そして2枚目は、丁寧な文字で書かれた手紙の便箋をカメラで写した写真だった。

「この靴はちょうど今我々が目にしているコンクリートの一番高い所に置かれていたようです。それと遺書……と呼んでいいんでしょうか。2枚目に写っている便箋は、その靴の下に置かれていた手紙の写真です」

「その手紙の中身を読んでくれんか、塔麻くん。歳を取ってから、細かい字は苦手でな」

「了解しました」

そう言うと塔麻は目を細く凝らしながら、手紙の朗読を始めた。

「おじさまへ。おじさまにとっての大切な一人娘である綾さんを奪ってしまったことには、私もずっと呵責の念を抱いていたわ。私の人生はここで終わるけれど、どうか私のことを悪い印象と紐付けて記憶するのだけはやめておいてね。これは私がやったことというより、私やおじさまの中にも流れている『ケモノの血』がさせたことなんですもの。私が大好きだったおじさまには、それがわかってもらいたくて、今これを書いています。

……凜」

「ふふふ、大好きだったおじさまとは、いかにも凜が好みそうな言葉だ。うかうかしていたらこの娘が大好きなはずのこのわしも、この娘に殺されとったわい」

「まだ続きがありますので、読みます………。追伸、萌波ちゃんにもひとつだけ謝りたいことがあるのよ。それはね、萌波ちゃんが気づかないうちに、花壇のダリアの球根をひとつ残らず黄色の『希望』から赤黒い『黒蝶』に入れ替えてしまったことよ。萌波ちゃんが黒い花に出くわして、困惑した顔をしている場面に立ち会えなかったことだけが、私の唯一の心残りだわ。あの子が楽しみにしていたものとは違う花の色にひどく落胆している様子を間近で見て、大笑いしたかったのに。だって、私はあの偽善者ぶった綺麗な娘が苦痛で歪む顔を、昔から見たい見たいと思っていたんですもの………。以上です」

「凜め、いかれたことを言いおって……」

巌は苦虫を噛み潰したような顔で、ポツリとつぶやいた。

「近くに釣り人がいたため、娘が飛び込んですぐに驚いたその男性が１１０番通報をしたようです」

「で、その後は？」

「その男の証言とこの置き手紙とをもとに、警察の判断ですぐにこの沿岸に10人以上のダイバーが潜っての捜索が開始されました」

「結果は？」

「2日経っていますが、いまだに発見には至っていません」

「鮫にでも食われたか？」

「あるいは……」

「ふふふ、わしの悪乗りにいちいち付き合わんでもいいよ、塔麻くん」

そう言いながら巌はその頬の隅のあたりに笑みを漂わせると、埠頭に背を向けるように踵を返して、スタスタと駐車スペースに向けて歩を進め始めた。

「わかってるな、凜。この世にいようと、あの世からだろうと、萌波たちに危害を加えようとしたなら、わしが本気でおまえを叩き潰すからな」

まるで目の前で聞いている誰かに向かって言い聞かせてでもいるかのように、巌はそんな言葉を浜風に向けてつぶやくと、慌てて追いかけてきた塔麻を尻目に、カギの開いているSUVに憮然とした表情で乗り込んだ。

「『ケモノの血』もここで潰えたか……。あの世で聞いているか？　怜秀。おまえにもたった今、天罰が下ったのだ」

巌は悲しみとも喜びともつかない複雑なしわを顔中に刻むと、何かを思い返すような険しい表情で静かに目を閉じた。

＊　＊　＊

いつもは逸徒の車の助手席にいる萌波が、今日はグレーのシトロエンのハンドルを握りながら、助手席の逸徒に優しく微笑みかけた。今日の萌波は鮮やかな青色のドレスに身を包んでいたが、首に巻いたメタリックな黒のチョーカーも、腰に回した紐で縛る式のコルセットも、すべてが美しいまま完璧に整えられていて、その姿はいつにも増して緻密に作り込まれた綺麗なフランス人形といった体だった。

「遠くまで付き合わせてごめんなさいね、逸徒さん」

やがて車は2時間ほどをかけて、逸徒には馴染みのない中都市の一角に到着し、萌波はとあるマンションの敷地に車を滑り込ませると、駐車場の空いている場所に車を停車させた。逸徒が萌波の顔を見ると、萌波はエンジンを止める作業をしたが最後、緊張した顔をしてしばらくは黙って下を向いていた。

「どうしたの？」

萌波は逸徒の顔を見てぎこちなく笑った。が、その澄んだ瞳は涙で膨らんでいた。2人は車を降りるとすぐに、それが最初からの約束ででもあるかのような自然さで手を繋いだ。萌波の冷たい指に、自分の体の熱量が伝わっていくことが、なんだか逸徒にはとても嬉しく感じられた。

「ここのマンションに立ち入るだけで、いまだに緊張してしまうんです。ここは私が昔暮らしていた場所です。もう部屋は別の人が住んでいるから、あの人がいる訳じゃないし、緊張する必要はないんですけど」

萌波はトランクから取り出した大きなカバンを抱えて逸徒の手を引くと、マンションのエントランスから中に入った。そしてエレベーターのボタンを押して行き先の階のパネルを見上げ、何かに身構えるように全身をこわばらせた。

エレベーターに乗った萌波が押したボタンは最上階の10階だった。エレベーターが高度を上げるにつれ、逸徒を掴んでいる萌波の手がぎゅっと強く握られた。ほどなく到着した10階のフロアに降り立った萌波は、何の躊躇もなく逸徒の手を引きながら通路をまっすぐに進んでいった。

「ひょっとして屋上?」

萌波は無言のままうなずくと、一旦カバンを床に降ろし、通路のつきあたりにある扉を、空いた右手で開けて再びカバンを手に取ると、その先にある階段を上り始めた。逸徒はためらいなど微塵もない顔つきで、一段遅れて一緒に階段を上っていった。

屋上を取り囲んでいる南側の柵のちょうど真ん中くらいまで来ると、そこから外を見ながら萌波がポツリと言った。

「ここでフランス人形は産まれたの」

逸徒は萌波の言葉を、穏やかな目の色で聞いていた。

「あの人からの暴力に耐え切れなくなった私は、ある日隙を見てこの屋上まで走って逃げてきた。見つかればさらにひどい仕打ちをされるのはわかっていたから、私の心は完全に凍り付いていて、私の全身はまるで石のように硬直してしまっていた。これ以上あんな辛いことをされるくらいなら、いっそのことこの柵を越えて飛び降りてしまおうか。あの時の私は正直そう真剣に考えていたの」

逸徒が見ると、萌波はかすかに微笑みながら、涙がこぼれないように瞳の縁のあたりを震える指で押さえていた。逸徒はゆっくりと腕を伸ばすと、萌波の肩を優しく包み込んだ。萌波はさらに言葉を継いだ。

「ふと見ると、柵の並びの奥のほうに誰かが置いていったお人形さんがあった。おそらくここのどこかに住んでいる女の子が忘れていったものだったんでしょう。それは金色の髪をしていて、青っぽいワンピースを着たかわいらしいフランス人形だった。まるで置き去りにされたことを悲しんでいるように見えるそのお人形を、しばらくぼんやりとした目で眺めていた私だった……」

「そしていつしか君は、そんなフランス人形に自分の姿を重ね合わせていたんだね……」

ふいに言葉を重ねてきた逸徒を、萌波は不思議なものでも見ているような目で眺めた。

「君が持ってきたその大きなカバンの中にいる人物を、僕にも紹介してもらえるかい？」

逸徒の言い方には、とても思いやり深いニュアンスが込められていた。萌波はえっという小さな驚きの声とともに、逸徒を見た。

「カバンの中には、その時君がここで出会ったフランス人形…………妹の『イエール』がいるんだよね？ そして彼女は、君が今着ているものとまったく同じ仕様の青い服を着ている」

「えっ、どうして!? どうしてそれを知っているの!? 逸徒さん……」

逸徒の口からまったく予想もしていない言葉を聞いた萌波は、驚きのあまりに瞳を大きく見開いた。

「新しい父親からのひどい仕打ちを毎日のように受け続けた君は、こんな理不尽な目に遭っているのが自分だという現実がどうしても受け止め切れなくなって、その現実から逃れようと、心を守るためにもう一人の自分を作った。妹を守護する『ドゥマン』は、決して魔女なんかじゃない。フランス語で『ドゥマン』は明日、『イエール』は昨日だ。ひどい目に遭わされている昨日の自分である妹『イエール』を守る、明日という名の姉『ドゥマン』という立場に君は自分の身を置いたんだ」

逸徒はカバンのジッパーを開くと、「はじめまして、『イエール』」と言いながら、優しくそこに収められていたフランス人形を取り出した。その人形は逸徒の言葉の通り、サイズは違うものの、萌波と同じ髪留め、チョーカー、コルセット、そしてまったく同じ仕立ての青い服を身に着けていた。まるで人間の子どもでも扱うような丁寧さで、逸徒はそのお人形を柵の縁にちょこんと座らせた。大きく目を見開いたままで、なおも自分を凝視している萌波をよそに、逸徒はさらに淡々と話を続けた。

「君が僕の求愛を受け入れてくれた日からずっと、僕は君のことばかり考えていたよ。君がいない時に7階の仕立て部屋に勝手に入ったこともあった。でも君の真実を知りたいと願った、君をこの世で一番に愛している男に免じて、そのことはどうか許してほしい」

逸徒の言葉に静かにうなずいた萌波の瞳は、涙の雫で一杯に膨らんでいた。

「仕立て部屋の机には、以前も僕が目にしていた、このフランス人形が大事そうに置かれていた。そしてサイズは違うけれどまったく同じ服が並んだ、人間用と人形用2つのクローゼットがあった。それを目の当たりにした時、僕の全身に電流が走ったよ。君という美しいフランス人形の肖像画を構成するすべてのピースが、最後の欠片まで僕の頭の中で綺麗にはまった瞬間だった。君が自分用に作っているのと同じ大変な手間をかけて、お揃いの服を作ってあげているこのお人形は、きっと君が時々口にするかけがえのない妹であるのに違いない。そしてその呼び名は昨日の君を意味する『イエール』だ。君の服の胸部分の裏には『ドゥマン』のDが、お人形用の服の胸部分の裏には『イエール』のフランス語表記のHが刺繍されているね。それを知った僕は、気づくのが遅かったことを心の底から悔やんだよ」

逸徒は淀みなく流れる川のように、なおも話を続けた。

「かつて『ドゥマン』がぬいぐるみであるたぁくんにまち針を刺している場面に出くわしたことがあった。君が怖い顔をしているのを見て、僕は誤解してしまったけれど、あれはたまたま『イエール』と同じ部屋に入った同じ人形であるたぁくんに、きっと『ドゥマン』が嫉妬に近い、過剰な反応をしてしまったせいなんだろう。ちょっとでも『イエール』に厄災の要素を嗅ぎ付けると、『ドゥマン』は即座に反応する。それくらい『ドゥマン』は妹思いの、愛情深い人格だ。僕は『ドゥマン』とも一度向き合っている。そしてその瞳の奥にあるものもきちんと見て知っているよ。確かに攻撃的ではあるものの、あの透明に澄んだ輝きの根拠は、そのまま愛する者を守ろうとする覚悟でしかありえない。『ドゥマン』は見た目は勇敢だが、中身はまるっきり君だ。まるで琴里ちゃんやこうさんに向ける優しい眼差しそのままの、思いやり深い本来の君を映しているようだよ、萌波さん」

逸徒の話が終わった瞬間、萌波の目からは大粒の涙が、ポロポロと頬をつたって地面にこぼれ落ちた。逸徒が慌てたように、そんな萌波の涙で濡れた頬を手で払おうとすると、萌波は嬉しそうな笑顔で小さく首を振った。

「ううん、いいの。私、もう少しこのまま泣いていたいの。この涙にはとても大事な意味がある。これは私にとって、今まではまったく違う涙だから……」

「まったく違う涙……?」

「ええ。私の謎を解いた最初の人があなただったということが、とても嬉しくて……。ほんとに嬉しくて……。だからこれはフランス人形が初めて流す、喜びの涙なの」

萌波がそう言いながら、いつもの目尻が消えてなくなるような笑みを浮かべると、涙をたくさん含んだ瞳から、綺麗な水滴が幾粒も続けてこぼれ落ちた。

「君の涙にここまでたくさん出会ったね。その中には君を悲しませたり、がっかりさせた涙もあっただろう。でもこれからは、もうこれ以上、君の涙をその綺麗な瞳から流させたりはしないよ」

逸徒がそんな言葉を、静かながら芯のこもった声で、萌波の耳もとにそっと吹き込んだ。萌波は小さく微笑みながらも、どこか憂いを含んだ面持ちで、「それは無理だわ。だってこのフランス人形は、少しつつかれただけで涙をこぼす、できそこないのお人形さんだから」

とポツリと言って、寂しげに笑った。

それからしばらくの間、無言でたたずんでいた2人は、まるで吹き荒んだ嵐の後の静けさを、余韻として楽しんでいるかのようだった。ふと我に返って、何かを思い付いたような萌波は、「聞いてくださる？」と問いかけると、どこか遠い国の出来事でも語って聞かせるような具合で、ずっと胸の奥にしまい込んでいた、とある日の出来事を静かに語り始めた。

「ある日、密かに恐れていたことが起こってしまった。押し入れで暮らしていた『イエール』が、ついにあの人に見つかってしまったの。無造作にゴミ袋に押し込まれて、そのままゴミに出されそうになった可哀想な『イエール』を見て、『ドゥマン』はひどく怒り、あの人に体当たりをすると、ゴミ箱から『イエール』を救い出して、そのままこの屋上まで走って逃げた。すぐにあの人が追いかけてくるのはわかっていたから、私たちには時間がなかった。もういっそ本当にここから飛び降りてしまおうか。そう思って柵に手を掛けた私に『ドゥマン』が言った。『船に乗って他の国に行こう。そしてお人形の姉妹として生きていこう。死ぬのはそれがうまくいかなくなってからでも遅くない』と。私は『ドゥマン』の言葉を心の中で何度も反復した。確かに死ぬのはいつでもできる。この場所じゃない、どこか知らない遠くの国まで私たち姉妹が運ばれたと思って、２人とも違う人間として生きていけばいい。『イエール』を守れるのは、私しかいないいんだって」

萌波は右手で自分を包み込んでいる逸徒に身を委ねるようにしながら、遠くにあるどこかの風景の一点を見つめ、自分の中にある答えをさらに少しずつ取り出していった。

「そして私は勇気を振り絞って、ここから3㎞くらい離れたところにある警察署まで走って逃げた。もっと遠くまで行きたかったけど、その時の私にはそこまでが限界だった。そして警察署に入るなり私は叫んだ。『お願いだから、船に乗せてください。私たちをどこか遠くの国まで運んでください』って。そしてそれから先のことは、まるでジェットコースターのように目にするすべてのことが目まぐるしく移り変わっていった。警察の人に手を引かれて行った児童養護施設という場所。傷付けられることはなくなったけど、いつまでも来てくれないお母さんを待つ単調で空虚な日々。心臓病がわかって絶望に打ちひしがれながら涙に明け暮れていた鏡の中の自分。突然現れた白髪のおじいさんとアメリカでの手術。こんな私の親になってくれると言ってくれたお父さまとお母さまのこと。そして愛情に溢れた、まるで夢のようだった北須賀家での生活……」

そこで少し間を置いてから、「そしてようやく巡り会えた、最愛のあなたのこと」と、はにかむような笑みを浮かべながら言った。逸徒は少し照れたように笑いながら、

「君の歴史に僕も入れてくれて、ありがとう」

とポツリと言った。逸徒の言葉に、萌波はふっと柔らかい笑みで嬉しそうな仕草を浮かべたが、すぐにこれまでにない力を込めた視線をどこか遠くのほうに向けると、真剣な眼差しで次のような言葉を口にした。

「ここを出ていく時、私は心に誓ったことが一つだけあった。それは、こんなに苦しい思いをしながら眺めたこの同じ風景を、いつか絶対に幸せな気持ちで眺めたいということだった。私を愛し、私を大事にしてくれる人と一緒に絶対にここに戻ってくるって、その時私は心に誓ったの。そしてここでこの景色をもう一度瞳に映しながら、静かに笑うんだって」

萌波はようやく安住の地を手に入れたとでもいった様子で、逸徒の胸にちょこんと横顔を押し当てた。

「君がいつも着ているドレスに隠されていた秘密が、今すべて解けたよ。幾度か目にしながら、僕が君を好きになっていったのは、君が持つフランス人形のようなかわいらしさと、どこかはかなげで繊細な優しさとに惹かれたからだ。つまりこの場所は、その原点になった、僕にとっても大事な聖地という訳だね」

逸徒が嬉しそうに語ったその言葉に、萌波は涙を含んだ瞳でこっくりとうなずいた。

「これで私はようやく、この風景と決別することができる」

萌波はゆっくりと頭を回し、柵の向こう側にある景色の右から左までを丹念に眺めた。それはまるで、涙で洗われた漆黒の瞳にこの風景を静かに焼き付けようとでもしているかのようだった。萌波の唇が、誰かに何かをささやきかけているように、細かく動いた。

「えっ」

逸徒が聞き逃した言葉を取り戻そうと、萌波の顔を覗き込んだが、萌波は「ううん」と言ったきりで何も答えず、ただ穏やかな表情を顔に浮かべているのみだった。風に吸われた声の意図を復元しようとなおも眉間にしわを寄せている逸徒を柔らかな目の色で黙らせたフランス人形は、言葉の代わりにかわいらしい吐息を一つ吐くと、紅色に染まり始めた西の空を細めた瞳で見上げながら、ゆっくりと静かに微笑んだ。

あとがき

人生が始まった時点でその人間の手元に配られるカードの中身は、時には幸運で、時には不運だ。どんな親に当たるかや、容姿や能力の優劣にしても、本人の希望とは関係ないところでそれは決められ、そして配られた手札の変更はできない。まさに生まれ落ちた瞬間から、この世は理不尽そのもので満ちている。が、僕らはその先の決め事に参加する資格だけは、かろうじて与えられている。手札は悪くても、工夫で状況を打破し、知恵で難局を乗り切り、思いやりで他人の心を溶かし、表現で相手の愛情を勝ち取ることは可能だ。

不運を嘆くよりも、新たなダイスを振ろう。一度や二度ハズレの目を引いてもそこで止めることはない。人生という案外長い期間に選択肢は数限りなくある。当たりの目は、もう一つ先のくじに隠れているのかもしれないのだ。

〈著者紹介〉
西田理酉（にしだ みちとり）
陶芸家。伝統工芸士。元高校数学教諭。老舗窯元の５代目にして、不動産業も営む。最近は再生可能エネルギーにも積極的に取り組んでいる。妻１人、子供３人、孫２人、猫２匹。会津在住。

フランス人形《にんぎょう》は静《しず》かに嗤《わら》う

2024年11月22日　第1刷発行

著　者　　西田理酉
発行人　　久保田貴幸

発行元　　株式会社 幻冬舎メディアコンサルティング
〒151-0051　東京都渋谷区千駄ヶ谷4-9-7
電話　03-5411-6440（編集）

発売元　　株式会社 幻冬舎
〒151-0051　東京都渋谷区千駄ヶ谷4-9-7
電話　03-5411-6222（営業）

印刷・製本　中央精版印刷株式会社
装　丁　　弓田和則

検印廃止

ISBN 978-4-344-94944-7 C0093
幻冬舎メディアコンサルティングＨＰ
https://www.gentosha-mc.com/